이번 생은 황제로 살겠다

STAY 판타지 장편소설

이번 생은 황제로 살겠다 2

초판 1쇄 발행 2023년 5월 23일

지은이 ı STAY
발행인 ı 최원영
편집장 ı 이호준
편집 ı 송영규 최종건 정재웅 양동훈 곽원호 조정범 강준석
편집디자인 ı 한방울
영업 ı 김민원

펴낸곳 ı ㈜ 디앤씨미디어
등록 ı 2002년 4월 25일 제20-260호
주소 ı 서울시 구로구 디지털로 26길 111 JnK디지털타워 503호
전화 ı 02-333-2513(대표)
팩시밀리 ı 02-333-2514
E-mail ı papy_dnc@dncmedia.co.kr
블로그 ı blog.naver.com/gnpdl7

ISBN 979-11-364-4485-1 04810
ISBN 979-11-364-4483-7 (SET)

PAPYRUS FANTASY STORY

2

이번생은 황제로 살겠다

STAY 판타지 장편소설

PAPYRUS
파피루스

1장. 침묵의 마도사 · 7

2장. 마물의 산맥 · 119

3장. 전쟁 · 161

4장. A급 길드 · 205

5장. 삼자연합 · 269

1장. 침묵의 마도사

침묵의 마도사

사념이 빛에 반발하듯 지독한 미련을 드러내기 시작한다.

죽은 후에도 염원을 이루겠다는 듯 율리버의 안광이 흉흉한 빛을 발한다.

[구…… 원…….]

명계로 올라온 망자들은 생에 미련을 품고 있으나 단순히 후회에서 끝나는 경우가 많다.

하지만 율리버처럼 죽음을 거부한 혼은 원념으로 타락하고, 특정한 매개체에 뿌리박혀 사념을 발산한다.

원념에 빠진 혼은 미련이 씻겨 나가더라도 명계에 올라가지 못한다.

미련과 함께 하계를 맴돌다 혼이 닳아 없어지는 것이 일반적이다.

하지만 페르노크에겐 원념조차 구할 한 가지 방법이 있었다.

'이대로 율리버의 트라우마를 자극한다.'

압도적인 영력으로 이 지독한 원념을 정화시켜 버리는 것.

하지만 지금은 동화율이 낮아 원념을 지워 버릴 정도의 영력을 끌어 쓰지 못한다.

따라서 지금의 영력으로도 정화 의식이 가능해지도록 원념을 깎아 내야만 한다.

'저 미련 속에 담겨 있는 원념이 뿌리까지 솟구치도록 토해 내게 만든다.'

원념도 영력과 마찬가지로 복구되지 않는다.

율리버가 원념을 줄기차게 내뿜어 댈수록 더 많은 원념만 소비될 뿐이다.

'이 추세로 대략 30분. 버티기만 해도 원념이 모두 발화될 것 같지만…….'

페르노크가 모든 마력을 개방했다.

'……편한 길을 마다하는군.'

공간을 가득 채우던 원념이 율리버에게 빨려 들어가 단단한 갑옷처럼 재구성되었다.

원념이 자연 소모되지 않도록 끝없이 순환되는 형태.

이를 깨기 위해선 순환되는 고리를 찾아 부수는 수밖에 없다.

'가슴 정중앙. 저 코어를 부숴야 원념이 모두 발화된다.'
적당히 시간만 끌어 볼 생각조차 율리버는 용납하지 않았다.
충돌은 불가피해졌고, 그의 미련은 이제 분노의 함성으로 터져 나온다.
[이 땅에 구원은 없어!]
기사왕을 지키지 못한 책임일까.
아니면 멸망해 가던 나라의 최후를 떠올린 것일까.
악취가 풍길 정도로 고약해진 원념이 무덤에 파문을 일으켰다.
쩌저저적!
콰앙!
율리버의 손이 흔들림과 동시에 페르노크가 아티펙트를 발동시켰다.
하지만 얼음이 그를 뒤덮기도 전에 날카로운 무언가에 산산조각이 났다.
'바람을 다루는 아티펙트. 흉조의 날갯짓이라고 불렸었지.'
율리버와 페르노크의 거리는 대략 50M.
하지만 율리버의 아티펙트는 바람을 다룬다.
'대검술만으로 일국의 검이라 칭송할 만하지만, 진짜는 뒤에 연타로 들어오는 바람이군.'
대검의 궤적을 따라 아티펙트의 바람이 시차를 두고서

불규칙적으로 파고든다.

한 번 몸을 피하더라도 연격에 대처하지 못하고 죽어나갔다.

페르노크는 그 섬뜩함을 알고 있기에 율리버의 사전 동작을 보자마자 육체 강화 계열 마법까지 마력강체술에 덧씌웠다.

콰아아앙!

눈 깜빡할 사이였다.

페르노크가 좌측으로 뛰과 동시에 원래 있던 자리에 기다란 칼자국이 생겼다.

관찰안으로 아티펙트의 흐름을 보지 못했다면 목이 베였을지도 모른다.

하지만 피했다고 안심하기엔 눈앞의 그림자가 너무 짙다.

까앙!

어느새 닥쳐온 율리버가 대검을 수직으로 내리그었다.

페르노크가 얼음을 휘감은 아티펙트로 막으려 했지만, 한 수도 견디지 못하고 결정처럼 부서졌다.

'율리버의 체구와 대검을 보고 강검이 장점이라고 생각하는 놈들이 많았지. 하지만 율리버의 진정한 검은 바람으로 가속하는 쾌검식이다.'

자세를 다시 정비하고, 대검에 바람을 섞어 내리치기까지 1초.

깡!

간신히 피하자마자 연격이 이어진다.

카카카캉!

기사왕의 기억과 관찰안이 합쳐졌지만, 간신히 피하는 게 고작이다.

틈을 포착해도 몸이 반격까지 도달하는 속도가 부족하다.

페르노크가 팔을 1번 뻗을 때, 율리버의 대검은 4번을 움직인다.

4레벨 강화 계열 마법을 덧씌워도 이 속도가 한계다.

이제 남은 강화 계열 마법은 고작 5개뿐이다.

'맞부딪쳐서 부서지지 않을 무기가 필요해.'

페르노크가 율리버 너머의 석관을 힐끗 살폈다.

'기회는 한 번뿐.'

율리버의 대검에서 칼날 바람이 몰아친 순간, 페르노크는 전면에 마법 불기둥을 시전했다.

소용돌이치며 타오르는 불기둥을 율리버가 망설이지 않고 갈라 버렸다.

마법이 훅 꺼졌지만, 페르노크는 보이지 않았다.

율리버가 돌아보지도 않고 대검을 던졌다.

쾅!

석벽이 솟구쳐 대검을 막았다.

페르노크가 바로 빙결을 석벽에 덧씌웠지만, 율리버는

오히려 대검을 걷어차며 방벽을 부숴 버렸다.

탁! 쾅!

대검을 잡기 무섭게 반원을 그리니 바람이 초승달 모양처럼 퍼져 나왔다.

페르노크가 화염구를 사용해도 바람은 꺼지지 않았다.

지면에선 도저히 피할 길이 없어서 페르노크가 빠르게 도약했다.

그와 동시에 소나기 같은 색색의 자연 계열 마법을 난사했다.

서걱!

날 서린 파공음 한 줄기가 모든 것을 갈랐다.

몰아치는 자연 계열 마법이 두 쪽 나며 어느새 도약한 율리버가 페르노크의 몸을 반으로 갈랐다.

원념이 요동친다.

죽였다.

자신을 자극하던 꺼림칙한 불청객을 이 자리에서 지워 버렸다라고 소리치는 듯했다.

하지만.

그그그긍!

섬뜩한 소리를 따라 율리버의 시선이 아래로 향했다.

분명 베었을 거라 생각했던 페르노크가 멀쩡히 관을 열고 있었다.

[수경 Lv.4]
물에 자신을 비춰 똑같은 자신을 만든다.
모습과 마력, 모든 것을 동일하게 복제한다.
움직이지 못하지만, 해제 시 마력이 폭발한다.

율리버가 끓어오르는 마력을 느끼며 지면으로 하강하려는 순간.

반으로 갈라진 페르노크의 몸이 푸른 점액 덩어리로 변하며 담긴 마력을 터트린다.

콰아아앙!

율리버가 바람으로 폭발에 막을 씌워 충격 자체를 막아냈다.

하지만 그가 한눈을 팔았던 그 찰나.

페르노크는 마침내 석관을 열어 기사왕의 최후와 맞이했다.

"……."

그곳에는 녹슨 반지 하나만이 덩그러니 놓여 있었다.

무덤이지만, 처음부터 유해는 존재하지 않았다.

기사왕의 시신은 재앙이 발하는 '재의 저주'를 받아 이곳으로 옮겨짐과 동시에 티끌로 화하고 말았다.

그 앞에서 율리버는 절규했고, 기사왕의 영혼은 충직한 수하가 비통함에 사념으로 뒤덮인 모습을 봐야 했으며, 남겨진 것은 오직 그가 사용했던 아티펙트뿐이다.

"더 퍼스트."

페르노크가 반지를 들어 올렸다.

소유자와 함께 성장하는 무기.

이 특별한 아티펙트는 소유자가 원하는 형태의 무기로 변화한다. 그리고 무기의 강도는 소유자의 강함에 비례한다.

총 3단계로 분류되며 1단계만 해방해도 특별한 관리 없이 자가 수복되는 기능이 발동된다.

하지만 이 아티펙트를 돋보이게 만드는 점은 충돌할 때마다 터져 나오는 에너지를 흡수시켜 강렬한 일격으로 증폭시킨다는 점이다.

오버 임팩트.

소유자의 한계마저 초월한 일격은 기사왕을 유일한 경지로 이끌었다.

"이전 소유자가 해방한 단계까지 계승되진 않는군."

페르노크가 수십 겹의 석벽을 앞에 세웠다.

콰콰콰콰쾅!

흉포하게 날뛰는 율리버를 무시하며 검지에 더 퍼스트를 끼웠다.

우우우우웅!

더 퍼스트가 손가락에 녹아내리듯 달라붙으며 페르노크를 새로운 소유자로 인식했다.

몸과 금속이 서로 복잡하게 얽히는 듯한 느낌.

언젠가 기사왕이 했던 말을 떠올리며 페르노크가 더 퍼스트를 발동시켰다.

검의 형태를 연상하니 반지는 옅은 빛 가루로 퍼졌다가 손바닥에 모여들어 빼어난 흑색 장검을 만들었다.

쾅!

마지막 석벽을 부순 율리버가 대검을 높게 들어 올린 채 굳었다.

흑색 장검을 마주하는 그의 안광이 일순 흔들렸다.

[전…… 하……?]

놀라운 일이다.

이곳에 묶여 있던 원념이 요동치는 감정을 순간이나마 진정시켰다.

율리버의 고고한 정신력에 경의를 표하며 페르노크가 장검을 겨눴다.

[아…… 니야…… 크윽…… 아니야…… 아니라고!]

페르노크가 전방에 굽이치는 물결을 터트리며 남은 강화 마법을 다리와 팔에 둘렀다.

그리고 물결을 손쉽게 가르는 율리버의 대검에 장검을 충돌시켰다.

쾅!

오히려 검을 휘두른 페르노크가 튕겨 나가 바닥을 구른 후에야 다시 자세를 잡았다.

머리 위에는 이미 거대한 그림자가 드리우고 있지만 개

의치 않았다.

까앙!

율리버가 두 손으로 내리친 대검을 장검으로 막아 냈다.

순간, 율리버의 원념이 흔들린다.

이 현상의 원인을 알고 있기 때문이다.

디바인 임팩트.

더 퍼스트를 왕의 검이라 칭송하게 만든 근본적인 이유.

최초이자 유일한 금속으로 만들어진 더 퍼스트는 모든 아티펙트의 흐름을 흡수하는 성질을 가지고 있다.

그리고 이것은 아티펙트와 부딪칠 때마다 흐름을 빼앗아 자신의 한계 개방을 위한 에너지원으로 사용한다.

[왜…… 왜……!?]

율리버의 대검이 눈에 띄게 느려진다.

바람의 흐름이 모두 더 퍼스트에 빨려 들어간다.

그 강대한 힘은 지금의 페르노크로선 불가능했던 더 퍼스트의 1단계 해방을 강제로 끌어냈다.

우우우우웅!

흑색 장검에 유려한 무늬가 피어오른다.

이제 특별한 금속이 사라진 이 세상에서 더 퍼스트와 함께 남겨진 상위의 아티펙트를 집어삼키며 빛을 끌어모은다.

어느새 페르노크는 율리버를 오히려 압도하기 시작했다.

그의 검술을 꿰고 있는 데다가, 디바인 임팩트로 아티펙트의 흐름까지 봉쇄하고 있다.

순수한 병기술 역량만으론 마법까지 사용하는 페르노크에게 미치지 못한다.

콰콰콰콰쾅!

연신 밀려나는 율리버를 집요하게 따라붙으며 페르노크는 기사왕의 검술을 구사했다.

[전, 하…… 형님…….]

원념의 순환에 균열이 시작되고, 이성을 차츰 되찾아가는 율리버가 무언가에 이끌리듯 대검술을 펼쳐 나간다.

이윽고 두 사람의 검술은 오래 합을 맞춰 온 형제의 검처럼 서로 사이좋게 얽혀든다.

[형…….]

기사왕과 율리버는 전쟁고아였다.

먹을 것이 없어 비쩍 고른 율리버를 기사왕이 직접 업어 키웠다.

두 사람은 피를 나눈 형제처럼 함께 전장을 헤쳐 나가기 시작했다.

기사왕은 타인의 병기술을 한 번 보고 모방하는 특별한 재능이 있었고, 율리버는 기사왕이 모방한 병기술을 각자에게 최적화시키는 능력이 존재했다.

두 사람의 검술은 세세하게 나누어졌으나 큰 틀에서 결국은 하나였다.

추억을 되새기는 듯 율리버의 대검이 익숙한 궤적에 실리자, 페르노크가 새로운 흐름을 얹어 검을 한 차례 변화시켰다.

까앙!

율리버의 대검이 위로 튕겨 나갔고, 한순간 열린 틈을 향해 페르노크가 끌어모은 빛을 터트렸다.

오버 임팩트.

응축된 에너지가 율리버의 가슴 정중앙에서 폭발했다.

쾅!

율리버가 비틀거리며 물러났다.

가슴의 뼈마디가 부서져 내렸지만, 대검으로 몸을 지탱하며 고개를 들어 올리는 안광에서 말 못 할 미련이 전해진다.

[어찌…… 형님의 검을…….]

원념의 순환이 깨지니, 비로소 정화의 순간이 찾아왔다.

페르노크가 모든 영력을 검 끝에 실어 순환이 깨진 자리에 밀어 넣었다.

그의 순도 높은 영력은 율리버의 균열을 가속화시켰다.

더는 사념으로서 이곳에 머물지 못하도록 해방시켜 주는 것이다.

"이 위에 네가 바라는 답이 있다."

[위……?]

"그런 약속이었다."

안광이 흐릿해져 가는 율리버에게 페르노크가 검을 꽂아 넣었다.

* * *

"율리버…… 율리버……!"

꿈에서도 그리던 목소리에 율리버가 눈을 떴다.

황무지 같은 세상이었다.

분명, 낯선 이와 검을 나눴을 텐데 이곳은 어디란 말인가.

의아해하던 율리버가 절벽 아래에서 긴 행렬을 이루는 망자들을 발견하곤 깨닫는다.

자신은 죽었노라고.

"정신이 드느냐?"

하지만 율리버는 슬퍼하지 않았다.

이곳이 명계라는 사실도, 자신이 무덤에서 해방되었다는 것도, 생소한 지식과 낯선 환경들, 그 무엇보다도 눈앞에 있는 이 사람보다 소중할 수 없었다.

"여기…… 계셨습니까?"

"널 기다리고 있었다."

"어찌하여 먼저 가시지 않고 이 황량한 곳에서……."

"다른 사람들과는 작별을 고했는데, 너는 내 무덤에서 울고 있지 않았더냐."

나라가 멸망하고, 기사왕도 재가 되어 명계로 올라온 날.

행렬엔 온통 백성들뿐이었다.

기사왕은 슬픔으로 그들에게 사죄를 구하며 끝까지 배웅했다.

하지만 무덤에 남겨진 동생이 걱정되어 차마 백성들을 따라 환생 길에 접어들지 못했다.

"막막했다. 어찌해야 널 되돌릴 수 있을까, 이곳에서 고민하고 괴로워했다. 한데, 그분을 만나 이렇게 너를 다시 보게 되는구나."

마지막 미련이 이곳에서 해결되자, 기사왕은 그제야 웃을 수 있었다.

"정말 많이 보고 싶었다, 율리버."

기사왕이 손을 내밀었다.

"저도요, 형님."

그 손을 잡고 율리버가 일어났다.

두 사람이 마주 보며 웃었다.

"우리가 다시 태어난다면 그땐, 평화로운 세계에서 아무 걱정 없이 살자꾸나."

"슬픔도, 억울함도 없는 세계에서 평범하게 가정을 일구고……."

두 사람이 길을 걷다 멈췄다.

기사왕이 뒤를 돌아보았다.

절대자들을 지배했던 초월자가 머문 옥좌.

지금은 하계에서 미련을 해결해 준 그에게 감사를 표하듯 고개를 숙였다.

다른 절대자들이 지켜보는 가운데, 기사왕은 다시 길을 재촉했다.

"갈 길이 제법 멀구나."

"회포나 풀면서 가시죠."

"하하하, 그래. 뭐부터 얘기하면 좋을까……."

기약 없는 기다림 끝에 기사왕은 율리버와 환생 길에 접어들었다.

* * *

율리버가 먼지로 바스러진다.

오랜 시간 주인을 지탱해 왔던 아티펙트는 떨어지자마자 갈라졌다.

퍼석거리며 터지는 알갱이들이 무덤을 황망히 맴돌아 페르노크에게 스며들었다.

동화율은 변하지 않았다.

오랜 세월 동안 영혼을 갉아먹은 원념을 정화까지 시켜버렸다.

티끌만 한 영력조차 없다.

하지만 페르노크는 기분 좋게 웃었다.

"다른 녀석들이 부러워하겠군."

마침내 기사왕은 미련을 털고 오랜 굴레에서 벗어나 윤리버와 환생 길에 접어들 것이다.

그리고 그 모습을 다른 절대자들은 부러워하고 있을 것이다.

[주군!]

[폐하!]

자신들도 어서 해방시켜 달라고 소리치는 듯한 모습이 눈에 선하다.

"역사가 사라진 왕국의 최후."

하지만 반테라스처럼 그들의 미련을 해결해 줄 수 있을까.

손쉽게 과거와 조우할 거라는 예상과 달리 대부분의 기록은 소실되었다.

더욱 오래전부터 존재해 왔던 수하들의 바람을 어찌 찾는단 말인가.

반테라스는 그나마 유물이라도 있지만 다른 자들은 단서조차 없다.

"그래도."

막막하다.

대해 속에 떨어진 구슬을 찾는 것 같다.
그럼에도 페르노크는 불가능을 거론하지 않았다.
그들의 기억이 있고, 세계는 존재한다.
잊힌 것들은 공들여서 하나씩 더듬어 가면 된다.
"약속은 지키마."
페르노크가 석관을 닫고 조용히 무덤을 떠났다.

* * *

무덤의 진짜 출구 앞에 켈트가 숨어 있었다.
그는 페르노크를 발견하자 다급히 달려왔다.
"이보게! 무사한가!"
아발라의 잔병이 없는 것을 보아, 켈트가 지시를 착실히 수행한 모양이다.
"보시다시피."
"빅터는?"
"안에서 죽었지. 다른 놈들도 함정에 깔려 모두 파묻혔어."
"후우, 다행이군. 환영이 튀어나올 때 자네도 어찌 되는 건 아닌가 걱정했었네."
"저곳의 함정이 뭔지 뻔히 아는데 당할 리 있나."
켈트가 웃었다.
"하기사, 자네는 이 무덤의 가짜와 진짜까지 모두 알고 있었지. 그럼 이 안에 잠든 위대한 역사와도 마주했나?"

켈트도 이곳이 왕의 무덤이란 사실을 알고 있다.

당연히 무덤 속에 신비한 보물과 기록이 가득 채워졌을 거라 확신하는 중이다.

하지만 그 환상은 페르노크의 고갯짓에 무너지고 말았다.

"없어. 이곳은 텅텅 비었어."

"뭐, 뭐라고?"

"저 호수가 보여?"

페르노크가 가리킨 방향으로 시선을 돌린 켈트가 고개를 끄덕였다.

"저곳이 원래 반테라스의 수도 포 헬름이 위치했던 자리야. 하지만 지금은 모두 물속에 잠기고 말았지."

"허어……."

"반테라스는 잿더미만 남았어. 무덤은 그 이전에 만들어졌고, 정작 묻힐 사람은 재앙에 먼지가 되었지. 이곳은 처음부터 주인이 없는 무덤이야. 다만, 왕의 무덤이라는 형식에 맞춰 그가 걸어왔던 길을 벽화의 형태로 기록해 놨을 뿐이고."

"그럼 우린 지금까지 뭘 위해 달려왔던 건가."

"반테라스가 실존한다는 사실을 증명할 수는 있잖아."

"증명……."

무덤 안을 살핀 켈트가 무거운 표정으로 고개를 끄덕였다.

“그렇지. 이 자체만으로도 역사적인 발견이야. 300년 전의 소실된 기록을 더듬어 가는 증거이자 학계를 발칵 뒤집어 놓을 새로운 역사가 탄생하는 장소라고!”

켈트가 무덤 입구를 쓰다듬었다.

“그 시대에 무슨 일이 일어났는지 벽화로 간략하게 기록되어 있어. 그걸 더듬다 보면 재가 되지 않은 반테라스의 남은 부분을 찾을지도 몰라.”

“어쩌면 그 이전의 기록까지도 가능하지 않을까.”

의아한 말에 켈트가 고개를 갸웃했다.

“그게 무슨 소리인가?”

“사실, 내 석판엔 반테라스 외에도 다른 기록이 함께 적혀 있었어. 광휘와 근원에 대한 역사였지.”

페르노크는 반테라스 이전의 역사를 조금씩 흘렸다.

반테라스를 찾으면서 느꼈다.

방대한 역사가 소실된 이 세계에서 혼자 힘만으로 수하들의 영광을 찾아 주는 건 몹시 어렵다.

‘역사와 발굴에 능통한 자들을 모아 따로 발자취를 더듬어 가는 조사단을 만드는 건 어떨까.’

페르노크의 정보를 토대로 막막한 역사를 헤쳐 나가는 전문가들을 섭외한다면, 성장에 집중하면서 수하들의 원통함을 동시에 풀어 줄 수 있을지도 몰랐다.

그런 면에서 시간이 보물인 페르노크에게 켈트는 아주 적합한 인물이었다.

그는 사비를 털어 가며 남들이 무시하는 반테라스 연구를 진행했다.

무모하다는 평가를 받으면서 협회의 입지가 좁아졌음에도, 협회와 학회에서 필요한 물품은 꼬박꼬박 가져왔다.

지도 같은 귀한 물건도 켈트는 손쉽게 빼 왔다.

즉, 학회와 협회에 그를 도와주는 지지자들이 있다는 것이고, 생각보다 그의 인맥이 좁지 않다는 뜻이기도 했다.

켈트에게 맡겨 놓으면 우수한 인재들을 포섭해 페르노크가 원하는 역사 조사단을 조직할 것 같았다.

"……내가 아는 광휘와 근원은 우선 이 정도야. 하지만 그들의 역사가 반테라스보다 깊고 웅장하여 세계를 아우를 정도였다는 건 분명해."

"단서는 그게 전부인가?"

"특정한 물건이나 연관된 설화. 뭐라도 좋으니 그 꼬리라도 잡게 된다면 반테라스의 경우처럼 지역을 추측할 수 있게 돼."

"아주 오래된 과거, 반테라스 이전의 역사라……."

"어떻게 더듬어 가야 할지 나도 고민이야. 하지만 반테라스로 석판의 내용이 진짜라는 사실이 증명됐어. 충분히 도전해 볼 만한 가치가 있다고 생각하지 않아?"

"자넨, 조사할 텐가?"

"물론. 광휘와 근원을 따라가다 보면 우리가 모르는 진실에 접근할 수 있을 테니까."

"그럼……."

켈트가 결심한 듯 결연한 표정으로 말했다.

"나도 함께하겠네."

"괜찮겠어?"

"내 남은 인생을 반테라스 연구에 바치겠다고 맹세했었지. 결과가 이런 식으로 남게 되어 유감이지만, 이곳에서 얻은 인연을 결코 포기할 수 없네. 하늘이 내게 기회를 줬으니 광휘와 근원에 대한 역사도 듣게 된 것 아닌가."

켈트의 눈동자에 열정이 타올랐다.

"결코 잊히지 말아야 할 것들을 다시 되살리는 게 나의 의무일세. 내 대에서 찾지 못한다면 후대에라도 기록을 물려주고 싶네. 사소한 기록이 쌓이고 쌓이다 보면 지식은 범람하여 언젠가 우린 위대한 진실과 마주하게 될지도 모르지 않는가."

"우리 둘만으론 힘들지 몰라."

"내가 아는 친구들이 있네. 그들도 이 소식을 크게 반길 걸세."

"입이 무거운 자들이어야 해."

아발라처럼 역사를 뒤질 때마다 예기치 못한 악연이 나타날 것이다.

이미 진저리가 날 만큼 경험했는지라 켈트는 단호히 말했다.

"입이 무겁고, 연구 진행도 비밀리에 할 수 있는 자들로 구성하겠네. 모든 연구가 확실시되면 그때 세상에 터트리는 식으로 조사단의 방향성을 잡지."

"그럼 나는 계속 기록을 뒤져 가며 단서를 찾는 즉시 당신과 공유하지. 그리고 모든 연구의 진행비를 내가 감당하겠어."

"혼자 부담 느낄 필요 없네."

"돈은 부족하지 않아. 당신은 되도록 많은 사람들과 조사단을 꾸릴 수 있도록 힘써 줘."

켈트가 고개를 끄덕였다.

"알겠네. 그럼 이 무덤부터 세상에 알리고……."

"그건 뒤로 미루지."

"……어째서?"

"반테라스는 한 획을 그었던 왕국이었어. 설마, 그 악연이 아발라만 있을까?"

르젠에 반테라스의 표식이 드러나자마자 아발라가 엮였다.

하물며 온 세상에 표식이 퍼져 나간다면 어떻겠는가.

반테라스의 전성기를 생각해 볼 때, 아발라보다 더한 후손들이 악연처럼 꼬여 버릴 수 있다.

"우리가 아발라 같은 세력도 쉽게 꺾을 만한 힘을 가질 때까지, 이 사실은 우리만 알고 있어야 해."

"혹시 아는 마법사가 있나?"

"없어. 이제부터 세력은 차차 꾸려 가려고. 그러니 당신과 내 역할 분담을 확실히 나눠야겠지."

"나는 역사를. 자네는 세력을."

"가치 있는 것들을 지키고 보존하기 위해서야."

켈트는 그 말이 타당하다고 생각했다.

"무덤을 바로 알리지 못하는 건 아쉽지만, 더러운 놈들에게 훼손당하도록 내버려 두는 것보단 낫지. 자네의 말을 따르겠네. 무덤은 잠깐 숨겨 놓고, 적당히 힘을 기르면 그때 공표하도록 하세."

"그럼 어느 정도 결론이 난 것 같으니 마무리나 지어 보자고."

"응?"

"아발라의 잔가지를 쳐 내야지."

페르노크가 작은 호각을 꺼내 보였다.

"그건 빅터가 신호를 줄 때 사용했던 도구 아닌가."

"놈의 시체에서 가져왔어. 이걸로 아발라의 잔당들을 이곳에 불러들이려고."

"또 위험을 자처하는군!"

"이곳에 모인 놈들이 아발라의 핵심이었어. 이놈들보다 강한 놈들이 남았을 거라고 생각하지 않아. 그렇다면 후환을 쳐 내야지. 적어도 아발라의 후손이 맥을 이어 나가지 못하도록 말이야.”

“얼마나 남아 있을 줄 알고?”

“편지를 한 통 쓸 거야. 남아 있는 잔당들이 모이겠지. 그놈들만이라도 확실히 싹을 잘라야 해.”

페르노크가 호각을 불자 빅터의 전서응이 날아왔다.

그곳에 피로 얼룩진 쪽지를 묶었다.

마침내 우리의 저주를 해결할 방법을 찾았다.

모든 일족을 데리고 이곳에 찾아오라.

전서응이 하늘 높이 날갯짓을 시작했다.

“당신은 먼저 내려가서 사람들을 모으고 있어. 난 이곳을 정리하고 합류할게.”

“되도록 무모한 행동은 하지 말게.”

“당신도 괜한 시비에 걸리지 말고 준비 잘해서 연구실에서 다시 보자고.”

켈트가 웃으며 산을 내려갔고, 페르노크는 무덤에 들어섰다.

* * *

보름이 지났을 무렵이다.

일단의 무리가 산에 올랐다.

그들은 정확히 무덤 앞에 멈춰 섰다.

3레벨 마법사 한 명에 검을 찬 무사 수십 명이었다.

"이곳이 맞지?"

"마스터께서는 어디 계신가."

예상대로 아발라의 잔당들이었다.

'편지를 진짜로 믿는군. 빅터의 전용 매를 쓴 덕분인가.'

페르노크가 아티펙트를 글러브 형태로 변환시켰다.

"우리가 먼저 도착했나 보군."

"기다릴까?"

합류할 인원이 더 있는 듯했다.

페르노크가 기다려 줄 이유는 없었다.

'한 무리씩 잡아먹는다.'

수하의 무덤을 유린하고 영광을 강탈하려 한 자들에게 자비를 두지 않았다.

후환은 그 뿌리까지 죄다 뽑아 버려야 뒤탈이 없다.

페르노크가 무덤 안에서 신호를 보냈다.

삐익-!

"마스터?"

호각 소리에 사람들이 반응했다.

"무덤 안에 빛이 나온다!"

"누가 횃불을 태우고 있나."

"마스터께서 부르신다!"

3레벨 마법사를 선두로 사람들이 무덤 안으로 들어왔다.

더 이상 무덤에 함정은 없다.

하지만 이 좁은 통로와 곳곳이 구멍투성이인 지형을 활용한다면 얼마든지 저들을 요리할 수 있다.

"웬 악취가……."

페르노크의 주먹이 무자비하게 적들을 쓸기 시작했다.

제일 먼저 마법사의 머리통이 터져 나갔고, 뒤이어 반응한 무사들에게 빼앗은 마법을 활용했다.

좁은 곳에서 불길에 휩싸이자 무사들은 비명을 내지르며 입구로 뛰쳐나가려 했다.

그때, 페르노크가 가짜 입구를 닫아 버렸다.

쿵!

내리찍는 소리가 무사들의 비명을 차단하고 화마가 그들을 집어삼켰다.

시체를 구덩이에 밀어 넣고 다시 문을 열었다.

페르노크는 비상식을 뜯어 먹으며 몸을 숨겼다.

며칠 뒤, 다시 일단의 무리가 찾아왔다.

페르노크는 무덤으로 그들을 유인해서 죽이는 방법을 반복했다.

그렇게 한 달이 지날 무렵, 더는 찾아오는 이가 없었다.

아발라의 잔당을 모두 죽였다고 확신하긴 힘들었다.

그들의 거점은 아직도 모르고, 다른 협력자들의 존재

여부를 예상하기 어려웠으니까.

하지만 빅터를 포함한 아발라의 수뇌부들과 이곳까지 찾아온 일족들을 죽였다.

거목의 뿌리와 가지를 잘랐으니 아발라는 이제 말라비틀어질 일만 남았다.

페르노크는 지금껏 흡수한 마력과 영력을 갈무리하며 무덤의 장치를 어루만졌다.

크그그그긍!

모든 출입구가 닫히고 산은 언제 그랬냐는 듯 평온한 모습으로 되돌아갔다.

* * *

페르노크는 켈트와 다시 만나 조사단의 밑 작업을 진행해 나갔다.

"은퇴한 학자분들과 지리학자 그리고 발굴에 상당한 실력을 가진 교수님들을 모셨다네."

"모두 믿을 만하겠지?"

"걱정 말게. 내 광휘와 근원은 입도 벙긋 안 하고 역사의 단편만 제시해서 그들을 시험해 봤네. 모두 남은 인생을 위대한 발견에 쓰겠다고 약속했어."

"하지만 사람은 눈앞의 영광에 흔들리는 법이야. 완전히 신용할 때까진 조심하도록 해."

“명심하지.”

페르노크가 테이블에 묵직한 주머니를 올렸다.

“좋은 연구실 하나를 찾아 사용해. 남은 돈은 장비와 사람들 챙기는 데 쓰고.”

켈트가 주머니를 열어 보니 휘황찬란한 보석이 가득했다.

“너, 너무 많네.”

“그것도 부족해. 앞으로 더 많은 돈이 필요할 거야. 사비는 되도록 아끼고, 필요할 때마다 바로 연락해.”

“자넨 참 알다가도 모르겠군. 돈이 많아 보이는 차림새는 아닌데, 어찌 이 많은 보석을 가졌단 말인가.”

페르노크는 투기장 관리자의 보물 창고에 산더미처럼 쌓인 보석을 떠올렸다.

“대가는 후하게 지불하겠어. 기록 발굴에 최선을 다해 줘.”

“염려 말게. 내 유물의 끄트머리라도 발견하게 된다면 바로 자네에게 일러 줌세!”

페르노크가 고개를 끄덕이며 자리에서 일어났다.

“그럼 맡기지.”

“자넨 어디 가려고?”

“힘을 키우러 가야지.”

“누구 함께하기로 한 사람 있나?”

페르노크가 피식 웃었다.

"좋은 인연이 있어."

* * *

명계와 하계의 시간은 동일하게 흘러간다.

지금으로부터 30년 전이었다.

명계에 마법사라는 말이 들릴 즈음, 생소한 누군가가 중간에 올라섰다.

[저는 보들레아라고 합니다. 저희 가문은 세상에서 박해받던 연금술사였습니다.]

그녀는 연금술이라는 위대한 업적을 쌓았다.

페르노크가 처음 들어 보는 지식에 흥미를 느꼈다.

[……연금술은 모든 현상을 관찰하고 합성해서 관여하는 지식의 집합체입니다. 저는 평생의 걸작을 앞두고 있었죠. 그런데 연구를 진행하던 중에 죽고 말았습니다.]

보들레아는 최후의 연금술사였다.

그녀는 가문 대대로 내려오던 연금술의 정수를 완성시키고 싶어 했다.

하지만 그녀가 죽음으로서 대는 끊겼고, 미완의 작품은

'그곳'에 남겨져야 했다.

[제게 한 번의 기회가 주어진다면 저는 끝내지 못한 그것을 완성시키고 싶습니다! 위대한 폐하께옵서 방도가 있다면 저를 도와주십시오.]

그녀가 명계의 규칙을 모르던 시절의 이야기다.

망자는 생자에게 간섭할 수 없다는 말을 듣고 난 이후, 그녀는 조용히 절망군주의 수하로 살아갔다.

페르노크도 더는 연금술을 묻지 않았다.

명계에선 하지 못하고, 자신과 인연이 없다고 생각했었으니까.

하지만 이제는 다르다.

보들레아의 마지막 걸작을 완성시켜 줄 수 있다.

[제 연금술이 세상에 나올 수 있도록 해 주시는데 무엇이 아깝겠습니까.]

보들레아의 기억 속에 희망 담긴 목소리가 섞여 있다.

세상에 박해받고 잊힌 연금술.

그것을 페르노크가 부활시켜서 사용해 준다면 그녀는 명계에서 웃으며 환생할 거라 얘기했었다.

'이곳인가.'

페르노크가 보들레아의 말을 떠올리며 팔모스 산 중턱에 섰다.

쌍바위가 교차하는 지점.

이곳에 연금술의 정수가 잠들어 있다.

* * *

페르노크가 쌍바위의 중앙을 가로질렀다.

[바위에 새겨진 표식이 그곳으로 안내해 줄 거예요.]

보들레아는 바위에 가문의 표식을 새겨 놓았다.

쌍바위부터 일직선으로 길을 걷다 보면 일정하게 새겨진 표식이 종착지로 인도해 준다고 했었다.

100m 정도 걸었을 때, 그녀의 말처럼 표식을 발견했다.

페르노크는 묵묵히 연달아 나타나는 표식을 따라 걸었다.

그렇게 1시간이 지나고, 페르노크가 표식 옆에 멈춰 섰다.

'이상하군.'

30년이 지났다.

바위가 흙에 뒤덮여도 이상하지 않다. 그런데 표식이 잘 보일 정도로 깨끗하게 '관리'되어 있다.

'보들레아는 후계자를 두지 못했다. 그녀의 남편도 불치병에 걸렸지. 표식을 아는 자가 나 외에 없어야 맞다.'

기묘한 점은 그뿐만이 아니다.

'한데, 왜 계속 같은 자리를 도는 것만 같지?'

보들레아는 분명 표식을 따라 '내려가야' 한다고 말했다.

하지만 페르노크는 지금 표식을 따라 정방향으로 걷고 있다.

분명 길은 이어져 있지만, 계속해서 처음으로 되돌아가는 느낌.

'묘하군.'

대낮에 사방이 탁 트인 산에서 방향감을 상실하기라도 한 걸까.

페르노크가 관찰안을 발동하자, 사방이 어두워졌다.

"……!"

달빛 하나 없는 밤 속에 홀로 서 있는 것만 같다.

하지만 페르노크가 관찰안을 풀자, 산은 언제 그랬냐는 듯 다시 환해졌다.

이 묘한 상황을 페르노크가 예민하게 받아들였다.

'확인해 볼 필요가 있겠군.'

오른쪽 눈만 관찰안을 사용하자, 세상이 정확히 빛과 어둠, 절반으로 나뉘었다.

그 사이에 경계선처럼 무언가가 그어져 있었다.

"마력……?"

관찰안에 포착된 세상을 나누는 기준은 짙은 마력의 선이었다.

페르노크는 자신도 모르는 사이 마력 한복판에 갇혔던 것이다.

하지만 마력에 파묻혔다는 느낌을 전혀 받지 못했다.

'자연적인 현상은 아니야.'

어떠한 위화감이 없고, 온몸을 짓누르는 압박감조차 없었다.

자연스러운 일상에 녹아든 것만 같았다.

'누군가 이 일대에 펼쳐 놓은 거다. 시야를 가리기 위해서.'

주변에 깔린 마력과 잘 관리되어 있는 바위의 표식이 자꾸만 신경 쓰였다.

'누군가 침입을 방해한다.'

불쾌한 원인을 해결하기 위해 페르노크가 다시 쌍바위 시작 지점에 되돌아갔다.

'하지만 빠져나오는 길은 간섭받지 않았다. 이 장막을 친 자는 살기가 없어. 그저 들어오지 못하게 막으려고 할 뿐이야.'

그럼에도 이 마력을 부숴 버릴 방법이 떠오르지 않았다.

아티펙트의 오버 임팩트를 터트려 봐야 그대로 마력에 빨려 들어갈 것 같았다.

'공격 의사가 없는 단순한 눈속임…….'

페르노크는 억지로 뚫어 내기보단 부드럽게 돌아가는 방식을 택했다.

그가 다시 관찰안을 발동했다.

영혼 구별.

단순 관찰을 넘어서 혼의 크기와 잠재력을 색으로 판별한다.

모두가 둔재라고 비하하는 사람도 영혼 구별을 통해 좋은 색을 띤다면, 훗날 대성하게 된다.

'이 정도로 터무니없는 규모의 장막을 펼치고 유지할 수 있는 인물이라면, 필시 그 재능의 색도 범상치 않을 터.'

동화율이 상승하여 장시간 발동 가능해진 관찰안을 오른쪽에만 발동시켰다.

평범한 좌측 시야와 특별한 우측 시야가 산의 명암을 번갈아 구별한다.

그 상태로 표식을 따라 걸으니 어둠 속에 미약한 빛이 포착되었다.

왼쪽 눈에는 그저 나무가 우거진 험지밖에 보이지 않았다.

나무로 우거진 험지를 향해 망설임 없이 발을 디뎠다.

처음엔 무언가와 부딪치는 느낌이 들었다.

실제로 나무와 충돌하는 듯했으나, 거침없이 내디디니

불쾌한 감각은 사라지고 표식이 새겨진 새로운 길이 나타났다.

페르노크는 어둠 속의 빛을 따라 계속 걸어 나갔다.

영혼 구별을 중지했다가, 길을 헤매는 느낌이 들 때마다 다시 쓰기를 반복했다.

최대한 사용 시간을 쥐어짜며 마침내 거대한 나무를 통과한 순간.

"……!"

평야처럼 다듬어진 중턱에 세워진 오두막 하나가 나타났다.

노을빛으로 얼룩지는 집 앞. 흔들의자에 앉은 노신사가 보였다.

정돈된 정장을 입고, 기다란 흰머리를 한쪽으로 질끈 묶어 흡사 대저택의 귀족 같은 느낌을 풍긴다.

그가 페르노크에게 시선을 돌렸다.

주름진 얼굴과 무심한 눈동자와 마주하는 순간 페르노크는 헛바람을 들이켰다.

'이건…….'

기품이 느껴지는 영혼에 부여된 색이 노을처럼 강렬했다.

명계의 위업을 쌓은 자들과 비교해도 손색이 없을 정도였다.

'……군주의 심복급.'

심지어 아직 싹트지 않은 잠재력이 남아 있다.

'아니, 저걸 마저 키우면 군주 아래까진 성장하겠군.'

확실하다. 저 노인이 이 산에 마력 장막을 친 장본인이다.

페르노크의 입꼬리가 절로 씰룩였다.

위업을 달성한 자들은 명계에서 자유롭게 지낼 수 있다.

능히 대접받을 만한 가치가 있는 자였기에 페르노크는 웃음기를 지우고 진지하게 물었다.

"그대가 이 표식을 관리하고 있었는가."

노인은 삐걱거리는 흔들의자에서 페르노크를 훑어보았다. 그리고 천천히 입을 열었다.

"누구십니까?"

정중하지만 많은 의미가 담겨 있었다.

페르노크의 수준으로 절대 깨지 못할 장막을 어떻게 돌파했는지.

왜 굳이 장막을 알면서 여기까지 찾아왔는지.

답변에 따라 장막을 쐐기처럼 사용할지 모르는 노인에게 페르노크가 당당히 말했다.

"그 표식의 주인에게 이곳의 사용을 허락받았다."

흔들의자가 멈췄다.

노인의 무심한 눈동자에 서늘함이 스쳤다.

"나는 이 '성'을……."

탁!

무언가 땅에 찍는 소리가 들리자마자 페르노크는 말을 멈췄다.

아니, 입은 열었으나 소리가 튀어나오지 않았다.

어느새 노인의 지팡이를 따라 흘러나온 마력이 페르노크의 목을 움켜쥐고 있었다.

관찰안이 뒤늦게 반응할 정도로 찰나에 벌어진 현상이었다.

"누구에게서 그 말을 들었지?"

노인이 서늘하게 물었을 때, 페르노크의 목을 움켜쥐던 힘이 아래로 내려갔다.

숨구멍이 트이자 언어가 허락되었다.

"본인에게서 들었다."

"30년 전에 죽은 사람에게 뭘 들어?"

노인이 흥분한 듯 언성을 높였을 때, 페르노크가 문득 떠올렸다.

[제 남편은 성질이 고약해서 젊은 날에 사고를 많이 쳤죠. 하루는 물건값을 제대로 받지 못해 거래처를 뒤엎어 버린 적이 있어요. 우린 더 이상 그 마을에서 살지 못했고, 저는 그이를 나무랐죠.]

지금 노인은 보들레아의 말처럼 에메랄드빛 눈동자를

가지고 있었다.

[그때부터 그이는 존댓말을 쓰기 시작했어요. 자신보다 어려도 절대 말을 놓지 않았어요. 다른 사람을 존중해주는 만큼, 자기가 화를 내더라도 한 번은 참게 된다고 하더라고요. 참 이상한 방식으로 문제를 해결하지만, 좋은 사람이었는데…….]

남편을 얘기할 때마다 미소 짓던 보들레아.

세상에 오직 그녀만 알고 있던 남편의 '진명'을 페르노크가 중얼거렸다.

"루인 아그네스."

노인이 석상이라도 된 것처럼 그 자리에 굳었다.

페르노크가 그 반응을 살피며 오히려 놀랐다.

"설마……."

보들레아는 후계자를 두지 못했다. 슬하에 자식조차 없다.

남편, 루인이 불치병에 시달려 생사가 오가는 고통을 맛봤기 때문이다.

[먼저 가서 기다리시오. 나도 곧 따라가리다.]

기억의 편린이 솟구친다.

보들레아가 눈을 감기 전, 마지막으로 보았던 루인의 미소.

먼저 명계에 올라왔던 그녀가 하염없이 기다린 루인이 지금 여기에 멀쩡하게 서 있다.

"살아 있었나."

페르노크는 보들레아의 연금술과 그녀가 살아온 인생에 흥미를 느꼈었다.

정보를 주고받은 뒤에 그녀가 명계에서 무엇을 하든 신경 쓰지 않았다.

어떤 행위를 한다 해도 그것이 중간의 질서를 어지럽히는 일이 아니라면 관심조차 없었으니까.

언젠가 그녀가 얘기했던 불치병에 걸린 남편이 명계로 올라오겠구나 정도의 생각만 했을 뿐이다.

이렇게 환생할 줄 알았다면 좀 더 관심을 둘 걸 그랬다.

이미 죽었을 거라 생각한 자와의 만남은 페르노크가 예상하지 못한 상황이었다.

특히 루인의 몸을 감싸는 저 농밀한 마력까지 말이다.

"단순한 마법사가 아니었군."

보들레아의 기억 속 루인은 제법 높은 레벨의 마법사였다.

하지만 실제로 마주한 루인은 기억보다 압도적으로 강한 마법사 이상의 존재였다.

말로만 들었지만 분명 이건.

"마도사였나?"

마법을 넘어 궁극의 섭리를 추구하는 자들.

하나의 법칙을 완성한 그들은 나라의 기둥이며 재능의 축복을 받는 존재들이다.

"보들레아에게 듣던 것과 다르군."

그녀의 이름이 들리자 루인의 마력이 출렁거렸다.

분노와 당혹 사이에서 충격을 받은 그가 갈피를 잡지 못한다.

그가 이 강대한 마력으로 자신을 찍어 누르려 한다면 단언컨대, 눈 깜빡할 사이 찢겨 나갈 것이다.

페르노크는 적이 아님을 명시했다.

"불치병에 걸린 그대가 살아있을 줄 몰랐다. 나는 보들레아에게 부탁받아 이곳에 잠든 연금술을 부활시키고 그 대가를 받으러 왔다."

"……."

"내가 그대의 이름을 알고 있다는 걸 증거로 삼지."

루인의 풀네임은 오직 보들레아만 알고 있다.

그 사실을 짚은 시점에서 루인은 조금씩 정신을 차려 나갔다.

"……젊군."

동시대도 아닌 사람이 어떻게 30년 전에 죽은 보들레아의 말을 전할 수 있냐는 물음.

'어설프게 둘러댔다간 간신히 붙잡은 믿음만 흔들리겠지.'

페르노크는 약간의 거짓을 가미한 진실을 얘기했다.

"나는 죽은 자를 볼 수 있다."

루인의 마력이 페르노크를 빠르게 훑고 지나갔다.

"마법인가."

"아니. 이건 마법도 체질도 뭣도 아니다. 나는 한 번 숨이 끊어진 적이 있었다. 그때, 내 영혼은 어떤 한 많은 여인의 혼과 마주했었지. 그게 보들레아였다."

"미쳤군."

"내가 뭣 하러 거짓을 얘기하겠나. 아니, 애초에 이 장소를 너희 부부만 알고 있었다. 심지어 그대는 보들레아에게 자신의 풀네임을 알려 줬지. 세상 아무도 모르는 '아그네스'를 보리밭 한복판에서 말이야."

루인이 벼락이라도 맞은 것처럼 몸을 부르르 떨었다.

"보들…… 레아?"

페르노크는 자신을 좀먹던 마력이 옅어져 감을 확인하고 부드럽게 말했다.

"이제야 대화할 준비가 된 것 같군. 그대 부부의 추억을 여기서 담기엔 몹시 부족할 듯싶은데, 안에서 물이라도 한잔 얻어먹을 수 있을까?"

"이게 무슨……."

"그대가 살아있는 것도 놀라운 일이야. 게다가 마도사

였다니. 보들레아가 알았다면 나를 굳이 여기로 안 보냈겠지."

믿지 못하는 루인에게 페르노크는 피식 웃어 보였다.

* * *

루인과 페르노크는 기 싸움이라도 하려는 듯 서로를 바라보기만 했다.

한참 동안 말이 없던 두 사람은 날이 저물어서야 간신히 입을 열었다.

시작은 페르노크였다.

그가 반생자의 얘기를 적당히 각색해서 설명했다.

"……그러니까 당신이 일루미나 왕국의 사생아고 1왕자에게 죽었는데, 알고 보니 그게 혼만 떨어져 나간 상태였다?"

"맞아. 나도 처음엔 막막했지. 그땐 정말 죽은 줄로만 알고 억울해서 미쳐 버릴 뻔했어."

"터무니없이 비현실적이군요."

"마법은 현실적이고?"

"차라리 영혼을 들여다보는 마법이 더 현실적일 겁니다."

"그래서 아직도 못 믿겠어?"

"……."

믿기 싫어도 믿을 수밖에 없었다.

보들레아에게만 알려 줬던 자신의 진명을 유일하게 알고 있다는 점.

그 청혼 같은 고백이 이루어졌던 장소.

보들레아가 미처 완성하지 못한 연금술의 정수를 쉽게 읊는 모습.

페르노크는 부부만 공유했던 여러 비밀을 정확히 꿰고 있었다.

"사실 나도 묘한 기분이야. 분명, 불치병을 앓다가 죽었을 거라고 생각한 당신과 마주하고 있으니 말이야."

"그녀가 죽던 날, 저도 생사를 오갔습니다. 그리고 부족했던 마법이 심연의 끝에서 새로운 경지에 이르렀죠. 그것이 제 병을 완치시켰습니다."

어느새 그의 말투가 정중해졌다.

페르노크를 손님으로 인식하기 시작했다는 뜻이었다.

"지금 마도사로서 당신의 등급은 어떻게 되지?"

"예전에 측정했을 때 S1이었으니 지금은 S2가 됐겠군요."

S2 마도사는 전 세계를 통틀어 채 20명도 되지 않는다.

'루인은 아직 더 성장할 잠재력이 남아 있다. 여기서 한 번의 각성이 더 이뤄지면 어떻게 될까.'

페르노크의 영혼엔 절대자들의 기억이 각인되어 있다.

그중 루인의 성장에 도움이 될 만한 지식만 추려 전한다면?

'세력을 급속도로 불리는 방법은 국가를 뒤흔들 병기나 그에 준하는 강자의 영입.'

생각지도 못한 행운이 눈앞에 있었다.

'관찰안을 사용해야만 겨우 알아챌 수 있을 정도의 마력을 장벽처럼 산맥 전역에 둘렀다. 30년 동안 누구도 이곳에 이만한 도시가 구축되어 있다는 걸 모를 정도로 그의 마력은 섬세하다. 심지어 그건, 마도술을 사용하지 않은 순수 마력 운용이다.'

마법이 법칙을 다루는 힘이라면 그것이 진화한 마도는 섭리에 간섭한다.

'마도사의 힘은 그 나라의 국력을 좌우한다고 했었나.'

시간이 천금 같은 페르노크에게 공들여 키우지 않아도 될 즉시 전력은 이제부터 중요한 요소다.

심지어 루인은 세상과 동떨어져 살아온 존재. 이자의 존재를 아는 사람은 오직 페르노크뿐이다.

'내가 힘을 모을 동안 역경을 헤쳐 나갈 히든카드.'

배가 눈앞에 있다. 이젠 세찬 풍파에 찢기지 않을 돛이 필요하다.

'성과 루인. 둘 다, 가져야겠어.'

* * *

하계에서 처음으로 탐나는 인재를 만났다.

어떻게든 끌어들이고 싶지만, 루인에게선 다른 자들처럼 간절한 무언가가 느껴지지 않는다.

짙은 회한과 고독함만 내보이는 루인에게 무턱대고 입에 발린 소리를 하는 건 오히려 악수로 작용할지 모른다.

"그만한 힘이 있으면서 왜 이곳에 숨어 있던 거지?"

"그녀가 죽고 나서 저도 따라 죽으려 했습니다. 하지만 하늘이 제게 죽음을 허락하지 않더군요. 저는 마도사가 되어 모든 병을 떨쳤고 조용히 살았습니다. 더는 무엇과도 어울리기 싫었지요."

"철이 없고, 쉽게 흥분해서, 작은 일을 산불처럼 키우는 사람이라고 했던가. 보들레아에게 듣던 것과 분위기가 다르군."

정확히 꿰고 있다.

루인은 이 비현실적인 상황을 점점 현실로 받아들이기 시작했다.

'보들레아, 당신은 죽어서도 연금술을 지키고 싶었던 거요?'

노안에 반짝이는 습기를 살핀 페르노크가 단호히 말했다.

"행여나 이상한 생각은 하지 마. 보들레아는 당신의 죽음을 반기지 않으니까."

"그렇군요……."

루인이 슬픈 미소를 지으며 하늘을 바라보았다.

석양이 산 너머로 자취를 감추는 중이었다.

"페르노크라고 했나요. 이곳까지 찾아와 그녀의 염원을 이뤄 주려는 은혜, 말로 다 갚을 길이 없습니다."

"너무 고마워할 필욘 없어. 나도 엄연히 대가를 받고 움직이는 거야."

"어떤 대가를 약속하셨는지요?"

"이 '성'의 소유권."

"보들레아가 진정 그리 약속했습니까."

"죽은 자의 소원을 들어주는 대가야. 어차피 지금 내 지식이 없으면 성은 영원히 이곳에 파묻히잖아."

그 말처럼 달리 대안도 없다.

유일한 연금술사인 보들레아가 죽었으니, 그 지식을 이어받은 페르노크가 마무리 짓지 않는다면 성은 추억과 함께 가라앉아야 한다.

"그녀가 끝내 해내지 못한 연금술의 마지막 조각을 채우고, 나는 1왕자를 죽일 힘을 얻는다. 우린 일종의 거래를 한 셈이지. 물론, 당신이 거부한다면 나도 어쩔 도리가 없고."

루인이 고개를 저었다.

"그것이 보들레아의 뜻이라면 기꺼이 내어 드리겠습니다. 하지만 연금술을 가져간다는 의미를 알고 계십니까?"

연금술이 세상에 드러나지 못한 결정적인 이유는 마법

사의 특별한 재능과 충돌하는 부분이 많기 때문이다.

마법사 협회는 연금술을 이단으로 규정하고 관련된 것들을 모두 없앴다.

그 때문에 보들레아와 루인은 이곳에 숨어 연금술의 맥을 몰래 이어 나갔던 것이다.

"마법사가 두려워 눈치만 살피다간 결국 원하는 것을 이루지 못해. 연금술을 완성시키지 못하고 죽은 보들레아처럼 나는 미련을 남기고 싶지 않아."

"보들레아가 은인을 모셨군요. 저희에겐 그저 감사할 따름입니다."

루인이 자리에서 일어나 지팡이를 내리찍자 주위의 풍경이 변화했다.

'낭떠러지였어?'

오두막이 있던 자리에는 흔들의자 하나만 놓여 있었고, 낭떠러지 끝에 보들레아의 이름이 적힌 묘비가 세워져 있었다.

"제 마법은 모든 것을 감추는 힘에 불과하였으나, 마도로 진화한 끝에 세상의 온갖 것들을 침묵시킬 수 있게 되었습니다."

페르노크의 말이 일순간 잘렸던 현상.

그건 말이 사라진 게 아니라 언어가 상실된 것처럼 보였다.

"덕분에 보들레아의 유산을 감출 수 있었죠."

그가 다시 지면을 지팡이로 내리찍은 순간, 페르노크는 오싹한 소름이 돋았다.

산 전역의 마력이 보들레르에게 응집되어 산맥 중앙에 감춰 놓았던 신비로운 '성역'을 드러냈기 때문이다.

'내가 해쳐 왔던 그 마력 덩어리. 그게 길 한 부분이 아니라 산 전역을 감싸고 있었다고? 이자의 마력은 대체…….'

거기까지 생각이 미치자, 오싹한 소름이 돋았다.

"오래전, 저희 부부는 이곳 산맥 중앙에 터를 잡고 온갖 건축물을 세웠습니다."

루인의 마력이 페르노크를 감싸 허공에 띄웠다.

두 사람은 그대로 허공을 계단처럼 밟아, 낭떠러지 아래의 성역으로 내려갔다.

"모두 사람이 살 수 있는 터였죠. 대장간, 수확 구역 등 생활에 필요한 시설 기반까지 전부 구비되어 있습니다."

그건 산맥 중앙에 자리 잡은 하나의 성이었다.

"연금술사를 위한 터전을 만드는 것. 보들레아는 오직 그 하나만을 위해 모든 열정을 쏟아부었습니다. 저는 그곳에 제 마법 지식을 더하여 외부의 침략에 저항할 수단을 만들었지요."

보들레아가 죽은 이후에도 루인은 이곳에 남아 둥근 성곽에 병기를 배치했다.

시간이 오래 흘렀음에도 전혀 녹슬지 않은 것을 보면,

루인 또한 이 도시에 얼마나 깊은 애정이 있는지 알 수 있었다.

"하지만 이 모든 것들을 사용하기 위해선 열쇠가 필요합니다."

"성을 자유롭게 이동시킬 수단 그리고 동력."

보들레아가 죽은 후에야 깨달은 이론.

"라이오닉."

성을 하늘에 띄우는 비상식적인 발상.

환상 같은 꿈을 이루어 줄 거대한 에너지.

보들레아는 '라이오닉'의 이론을 죽어서야 완성했다.

"보들레아는 라이오닉이 불완전한 이론이라고 말했습니다."

"보완점은 찾았다."

루인이 고개를 끄덕였다.

'지금까지의 모든 말이 진실이라면 결과로 내게 증명하겠지.'

아직 페르노크의 말을 전부 신용하는 건 아니다.

진실 속에 교묘하게 거짓을 섞었을 수도 있다.

하지만 이 자신감의 원천이 진정 보들레아에게 이어받은 지식이라면, 죽은 자의 부탁을 들어주는 이 청년에게 자신은 무엇을 내주어야 할까.

[루인. 우리는 작은 것에 감사하며 살 줄 알아야 해. 콩

한 쪽이라도 건네받았다면 나무라도 하나 잘라서 교환하는 게 우리의 삶이야.]

은혜에 보답을.

보들레아의 상냥한 마음씨만큼이나 선했던 모습을 떠올리며 루인이 흐릿한 미소를 머금었다.

"강대한 동력에 버틸 수 있는 관이 필요하다."

"준비해 뒀습니다."

"다른 재료는 충분한가?"

"절반 정도 모으다가 포기했었습니다. 이렇게 연금술을 다시 꽃피울 줄 알았다면 계속 구비해 뒀을 텐데 아쉽군요."

"차라리 잘됐어. 난 기존의 방식을 더 좋게 바꿀 거야. 재료도 추가되겠지."

"원하시는 게 있다면 말씀만 하십시오. 최대한 빨리 구해 오겠습니다."

페르노크가 고개를 끄덕이며 루인과 성벽 너머로 인도했다.

[세상 누구도 우리를 반기지 않는다면, 차라리 우리만 살 수 있는 낙원을 만들자!]

보들레아의 기억이 성 안에 들어서자 솟구친다.

모든 생활 기반이 갖추어진 연금술사의 성.

이곳은 마법에 박해받던 연금술이 독자적으로 살아남기 위한 그녀의 꿈과 희망이 담겨 있었다.

"이곳입니다."

투박한 건축물들을 살피며 성의 중심부로 향했다.

유독 세련된 시계탑 앞.

굳게 닫힌 문을 루인이 가리켰다.

"여기에 당신의 피를 묻히세요."

페르노크가 엄지를 깨물어 피를 낸 후 푸른 보석에 찍었다.

보석이 붉게 물들며 안으로 쏙 들어가자마자 시계탑이 열렸다.

"이제 시계탑 지하의 동력 보관소로 내려갈 수 있는 사람은 저와 당신뿐입니다."

"동력원이 파손될 경우, 당신과 내가 없으면 이 성은 침몰한다는 뜻인가?"

"애초에 라이오닉을 다룰 수 있는 사람도 보들레아뿐이었습니다. 그 지식을 가진 페르노크 님이 아니라면 이 성은 영원히 잠들어 있어야 합니다."

연금술을 탐구한 자가 평생 지식을 쏟아부어야 라이오닉의 기초라도 이해할 수 있다.

마도사인 루인이 엄두도 못 내던 이유가 여기에 있었다.

'보들레아는 50살에 라이오닉을 재현하는 이론에 성공하며, 칭송받아야 할 위업을 달성한 거야.'

고작 한 걸음 남았었다.

재료를 모아 만들기만 하면 연금술의 정수를 꽃피울 수 있었다.

루인이라는 조력자까지 곁에 둔 상황에서 목표를 달성하지 못하고 죽었으니, 얼마나 원통하고 분했을까.

연금술을 떠올릴수록 보들레아의 미련에 공감했다.

페르노크는 라이오닉 동력원을 더 발전시키기로 결정했다.

'보들레아가 보완한 라이오닉은 한 번의 충전으로 이만한 성을 한 달가량 유지시켜 준다. 그리고 다시 충전을 거듭해야 하는 불편한 기능이 있지. 라이오닉은 그 자체로 마력을 빨아들이는 거대한 결정석에 불과해. 이걸 상시연동형으로 바꾼다.'

동력을 소모함과 동시에 충전이 연결되는 방식.

연금술만 파고든 보들레아는 감히 엄두도 내지 못한다.

생전에 위업을 달성한 절대자들에게 온갖 기억을 전해받은 페르노크이기에 가능하다.

'코어 속에 코어를 심는다. 하나는 발산, 다른 하나는 충전.'

페르노크가 라이오닉이 꽂힐 터를 바라보며 말했다.

"지금보다 더 크기를 키워야 한다."

"그녀는 이 정도로 충분하다고 했습니다."

"코어가 하나뿐이니까 그랬겠지."

"무슨 말씀이십니까?"

"충전용 코어를 하나 더 만들 거야. 그 위에 발산형 코어를 씌워, 충전과 동력 보급이 동시에 진행되는 '더블 코어' 형태로 바꾼다."

루인이 생각지도 못한 듯 눈을 크게 떴다.

"그건 불가능합니다. 코어 속에 코어를 만들건, 충전과 발산형을 양옆에 나란히 두건, 지속적으로 코어를 돌릴 경우 과부하에 걸려 터지고 맙니다."

"여러 층을 만들어서 분산시키면 돼."

"층?"

"설명하기 조금 복잡한데, 대략 이런 거야."

페르노크가 바닥을 돌로 그어 더블 코어를 그렸다.

"이 상태에서는 어떤 연결 방식이든 한쪽에 부하가 심해질 거야."

"그렇죠."

"여기에 냉각과 쿠션 작용을 하는 층을 만들어."

더블 코어 사이에 5개의 층이 생겼다.

"그리고 층을 관통하는 주입구를 연결시켜."

내부 코어 사방으로 기다란 선이 쭉쭉 뻗어 나갔다.

하지만 선은 밖으로 튀기 전에 외부 코어에 가로막혔다.

"핵심은 이 주입구야. 이 숫자가 많아질수록 충전형 코어의 부담이 줄어들어."

"이것 또한 임시방편 아닙니까? 결국엔 내부에서 주입구가 방대한 힘을 견디지 못하고 녹아내릴 것으로 보입니다."

"교체하면 되잖아."

"설마, 주입구를요?"

페르노크가 고개를 끄덕였다.

"난 주입구를 평생 쓴다고 말하지 않았어."

"내부 코어에 손을 댔다간 방대한 마력에 휩쓸려 죽을지도 모릅니다."

"왜 위험하게 안으로 손을 집어넣어. 내부 코어를 밖에서 빼내면 되는데."

"예?"

"코어 속의 코어. 핵심은 몇 번이고 교체할 수 있다는 점이야."

"이토록 긴밀하게 연결된 코어를 분리형으로 제작하겠다는 겁니까? 이 위험한 발상을 진정 보들레아가 했단 말입니까?"

"그녀에게 얻은 지식에 내 나름대로 정보를 더했어."

루인은 도저히 믿을 수 없었다.

한 번 연결한 선은 섬세하고 유기적으로 연동되기 때문에 선불리 건드릴 수 없다.

일생을 연금술에 매진해 온 보들레아조차 이 문제를 해결하지 못했다.

그런데 그 지식을 전수받은 페르노크가 새로운 발상을 전하니, 의아하고 당혹스러울 수밖에 없었다.

"내부 코어를 탈부착할 수 있게 만들어서, 주입구가 녹을 때쯤 잠시 빼낼 거야. 주입구는 대략 1년 정도 버틸 강도면 돼. 예비 주입구를 비축해 둬서 빠르게 갈아 끼우면, 외부 코어가 동력 중단될 염려도 없지. 아! 혹시 모르니 예비용 동력원 하나 만들어 두면 되겠네."

이 다중 구조 방식을 절망군주는 '층계'라고 했었다.

"이게……."

처음엔 불가능하다고 생각했던 루인도 계속 살펴보니 해 볼 만하다는 판단이 들었다.

연금술에 기초적인 지식밖에 없는 루인조차 이 층계 방식이 도전할 만한 가치가 있다고 생각했다.

"내가 가져갈 성이야. 이 위대한 업적에 장난이라도 치는 것 같아?"

"광인이 아닌 이상 일부러 소중한 물건을 부수진 않겠죠."

"당신이 옆에서 도와줘야 모든 구상이 현실에 적용되는 거야. 결과물로 증명할 테니, 최대한 적극적으로 협조해."

그 순간, 루인은 일말의 의심조차 지우고 말았다.

결과물로 증명한다는 그 말은 보들레아가 늘 입에 달고

살던 새로운 발견에 대한 도전이었기 때문이다.

"무엇부터 구해 오면 되겠습니까?"

삶의 의욕이 없던 자가 비로소 열망을 드러내고 마음을 허락하기 시작한 모습을 보며 페르노크가 씨익 웃었다.

* * *

페르노크가 필요한 물품을 적어 루인에게 건넸다.

루인이 리스트를 심각하게 바라보자 페르노크가 고개를 갸웃했다.

"혹시 돈이 없나?"

오랫동안 산에 살아왔다.

금전적인 문제가 심각할지도 모른다고 생각했지만 루인이 고개를 저었다.

"아뇨. 대부분 구할 수 있습니다."

"부족하면 얘기해. 기존 라이오닉을 개량시킨 거라 당신들이 준비했던 비용보다 더 초과될 거야."

"돈 걱정은 마십시오. 보들레아가 죽은 후에도 이 성을 유지시키기 위해 제법 뛰어다녔으니까요."

"얼굴 다 드러내고?"

"위조 신분이니 아무도 모릅니다."

역시 치밀한 것까지 마음에 들었다.

'라이오닉이 완성되고, 성을 좀 더 다듬어 두면 끝. 그

럼 이젠 세상을 달관한 것 같은 이 마도사를 어떻게 데려 오느냐인데…….'

페르노크가 루인을 빤히 바라보고 있을 때였다.

루인이 리스트를 품에 집어넣으며 말했다.

"라이오닉이 페르노크 님의 이론대로 움직인다고 믿으면, 당연히 성과 연결되는 관도 많을수록 좋겠지요?"

"나쁠 건 없지."

"그럼 저랑 함께 관을 연결시켜 보겠습니까?"

페르노크는 흔쾌히 승낙했다.

"관은 몇 개나 만들어 뒀지?"

"새로 추가할 분량까지 넉넉합니다. 다만, 섬세한 공정 하나가 더 필요하죠."

"공정?"

루인이 성 곳곳에 깔린 거대한 관을 가리켰다.

아직 땅에 파묻히지 않은 관에서 끈적거리는 마력이 느껴졌다.

가만히 지켜보기만 해도 빨려 들어갈 것 같은 관으로 페르노크를 인도하며 루인이 말했다.

"마력 코팅입니다."

* * *

페르노크는 혼이 쏙 빨려 가는 아찔한 느낌에 사로잡혔다.

'코팅이 이런 의미였어!?'

관 하나를 잡자마자 몸속의 마력이 안으로 쑥 빨려 들어갔다.

조절하고 말고 할 틈도 없이 페르노크는 순식간에 모든 마력을 빼앗겼다.

탈진한 것처럼 주저앉자 루인이 다가왔다.

"처음부터 다시 해야겠군요."

"마력을 집어넣으면 끝 아닌가?"

"투입시킨 마력을 조절해서 관에 펴 발라야 합니다. 이 공정까지 합쳐서 마력 코팅이라 합니다."

"이미 빨려 들어간 마력을 관 속에 유지시키는 게 가능한가?"

"연금술에 없는 이론이죠. 제가 독자적으로 창안한 겁니다. 해 볼 만하지 않습니까?"

그제야 페르노크는 루인에게 다른 꿍꿍이가 있음을 깨달았다.

'내게 깨달음을 주려는 건가.'

페르노크가 아는 상식으론 마법은 타고난 재능이다.

심지어 페르노크는 마법을 흡수해서 사용하고, 루인은 침묵이라는 특이한 마법을 마도로 승화시켰다.

서로 결이 다르다.

본인만의 전유물을 타인에게 간섭하는 건 불가능했다.

"날 제자로 받아들일 생각이라면 그만둬. 난 전형적인

육체 강화형이거든."

"허허허, 저는 마법을 가르치려는 게 아닙니다."

"그럼 뭐지?"

"마력 조작."

루인이 지금 할 수 있는 것.

'내 지식으로 그의 은혜에 보답한다.'

S2의 마도사가 쌓아 올린 마력의 심도 깊은 이해.

천금을 준다 해도 얻지 못할 비전은 마법사의 재능을 가속화시킬 수 있다.

"페르노크 님의 마력 조작 능력을 보고, 제가 이 관에 마력 코팅하는 방식과 비슷하다고 느꼈죠. 제가 도와드린다면 마력 조작 능력이 이전보다 월등하게 좋아질 겁니다."

"서로 다른 마법사인데도 가능한가?"

"마력은 모든 마법사가 공통으로 활용하는 원동력이기에 상관없습니다. 이걸 제대로 다루어야만 마법 역량이 높아집니다. 실제로 아카데미와 같이 서로 마법이 다른 마법사를 한데 모아 마력을 수행시키는 독특한 방식으로 인재를 양성하기도 합니다. 특히, 고위 마도사의 심득이 담긴 마력 운용법은 나라의 국보로 지정되어 외부 유출이 불가능할 정도이죠."

페르노크는 마법에 대한 지식이 부족하다.

야크는 평범한 사람이었고, 간수장은 3레벨 마법사였다.

대부분 마법에 중점을 두고 어떻게 효과적으로 적을 죽이는지만 몰두해 왔다.

페르노크 역시 투기장과 아발라 세력들의 마법과 마력을 빼앗으며 강해졌다.

'덩치만 큰 아이라는 건가.'

마력량만 출중한 속 빈 강정이라는 평가였다.

"관을 붙잡고 수련하는 것이 당신의 마력 운용법의 핵심인가?"

"이건 가장 기본적인 겁니다. 하지만 이걸 해낸다면 페르노크 님의 마력강체술이 한결 편해지겠지요."

"신경 써 준 건 고맙군."

"당신은 저희 부부의 은인입니다. 쉽게 죽지 않도록 도와드리겠습니다."

"노파심이 지나쳐."

"저도 이런 말씀을 드려서 유감스럽습니다. 하지만."

루인이 성을 둘러보았다.

"세상은 마법이 지배하고 있죠. 연금술은 그 세상에 던져진 돌멩이와도 같습니다."

연금술은 라이오닉 같이 마력을 인위적으로 담아내는 여러 지식을 보유하고 있다.

마법사들은 누구나 마력을 '이용'할 수 있는 현실을 참지 못한다.

그들만의 전유물을 지키기 위해 연금술을 배척한다.

"성이 드러난 순간, 마법사들은 연금술의 실체를 깨닫고 당신에게 대가를 요구할 겁니다. 그리고 그 대가는 결코 만만하지 않겠지요."

"그것까지 포함해서 여기 찾아온 거야."

"그렇다면 더더욱 자신을 지킬 힘이 필요합니다."

"내게 필요한 건 시간뿐이야. 누군가 옆에서 도와주면 좋지. 그게 당신이면 더더욱 환영이고."

루인이 싱긋 웃었다.

"관 작업을 끝낸 뒤에 고민해 보도록 하죠. 우선, 두 달 드리겠습니다."

"절반으로 줄이면?"

"이르긴 하지만 더 높은 수준의 심득을 내어 드리겠습니다."

"빨리 끝내야겠군."

페르노크가 의미심장한 미소를 지었다.

* * *

루인에게 페르노크는 부부의 꿈을 실현시켜 줄 은인이다.

이대로 사장될 뻔한 연금술을 다시 살려 준 고마움은 어떻게 표현해도 모자란다.

페르노크가 원하는 답변은 아직 고민해 봐야 하지만,

그 외의 부탁이라면 무엇이든 들어줄 생각이었다.

그가 한 달 안에 20개를 코팅하지 못하더라도 상위 마력 운용 방식과 깨달음을 계속 넘겨주려 했다.

어디까지나 관 작업은 페르노크의 성장을 촉진시키기 위한 수련법이었으니까.

'원래 내가 옆에서 지도해 줄 계획이었는데…….'

페르노크가 갑자기 역으로 제안을 건네면서 살짝 꼬인 감이 없지 않아 있다.

관 작업은 고도의 마력 조작 방식을 요구한다.

4레벨 이하의 마법사들은 몇 개 성공하지도 못하고 나가떨어진다.

그걸 혼자서 해 보겠다며 관을 붙잡는 모습이 자신감 넘쳐서 보기 좋았으나, 한편으론 혼자서 끙끙대는 모습이 불안해 보이기도 했다.

'자신의 한계를 명확히 깨닫는 것도 나쁘지 않겠지.'

마법사는 벽을 마주하고 나서야 비로소 재능의 한계를 깨닫는다.

대부분은 그 벽을 넘어서지 못해서 평생 하류로 머문다.

하지만 루인은 페르노크를 밑바닥에 남겨 둘 생각이 없었다.

그의 실력은 높게 쳐줘서 4레벨.

특별한 방식으로 자신의 벽을 돌파한 재능이 엿보이나, 지금은 관 하나 제대로 코팅하지 못해서 마력 부족에 시달리는 명확한 하류였다.

껍데기만 웅장한 마력 속에 단단한 알맹이를 가득 채워, 동급에선 절대 비교할 수 없는 수준까지 끌어올린다.

그리고 튼튼한 토대를 바탕으로 마법사의 역량을 끊임없이 상승시킨다.

'10년 정도 내 곁에 두고 가르친다면 마도사까지 바라볼 재목이다. 되도록 그 재능이 찬란하게 꽃피우도록 도와주고 싶다.'

단순히 은혜에 대한 보답 때문만은 아니었다.

마력관 작업에 돌입한 페르노크의 재능이 비범해 보여 생긴 욕심도 섞여 있었다.

루인이 먼발치에서 페르노크를 지켜보았다.

한참 동안 관을 붙잡고 마력 집어넣던 페르노크가 창백해진 안색으로 쓰러졌다.

거친 숨을 몰아쉴 때마다 온몸이 들썩이며 점차 마력을 회복했다.

마력을 쓰고 회복하는 아주 기초적인 단계는 잘 잡혀 있다.

하지만 끌어당겨지는 힘에 저항하지 못하고 마력 주도권을 빼앗긴다면, 한 달이 지나도 관 하나 코팅하지 못한다.

'이 코팅 수련의 본질은 마력 주도권을 이용한 마법 캐스팅의 신속화.'

모든 계열을 포함해 마법이 발동되기 위해선 마력을 몸에 순환시키는 1차 작업이 필요하다.

코팅 수련으로 마력 감응과 반응 속도를 상승시킨다.

라이오닉을 개량할 정도로 영민한 페르노크라면 루인의 의도를 바로 눈치챌 것이다.

'머리로 아는 것과 마력을 다스리는 방식엔 상당한 괴리감이 발생하지. 이론에 능통하다고 실전에 바로 적응하는 건 아닌 것처럼 말이야.'

이 간극을 페르노크에게 맞는 방식으로 줄일 방법이 뭐가 있을까.

루인은 계속해서 실패하는 페르노크를 바라보았다.

제자를 둔다면 이런 기분일까.

'내 삶도 아직은 의미가 있나 보군.'

루인이 웃으며 돌아섰다.

한 달이 지나 시무룩해져 있을 페르노크의 모습이 눈에 선했다.

혼자서 끙끙대며 악을 쓰다 지칠 페르노크에게 어떤 지도를 내려야 할지, 머릿속엔 온통 그를 강하게 만들어 줄 방법만 떠올랐다.

* * *

루인이 잠시 자리를 비웠다.

페르노크는 마력관을 붙잡고 처음으로 진지하게 마력을 고민했다.

지금껏 영력을 사용하게 될 때까지 마력은 부가적인 용도로만 활용하려 생각했었다.

'근원보다 못하다는 생각도 버려야겠군.'

눈에 보이는 그대로의 마력은 단순한 에너지에 불과했다.

하지만 루인의 지도가 더해진 마력은 보다 풍부한 가능성을 내포하고 있었다.

마력강체술에 적당히 섞어 사용한 페르노크를 비웃기라도 하듯 마력은 손아귀를 자꾸만 빠져나간다.

'그래 봐야 영력에 비할 수 없지만…….'

마력관에 오가는 흐름을 물끄러미 바라보며 페르노크가 다시 자신의 마력을 집어넣었다.

'……좀 더 탐구할 가치는 있겠군.'

지금껏 마력을 강체술이나 마법 발동에 전부 사용했었다.

마력이란 흡수하고 방출시키는 단순한 공정이 전부라고 판단했었다.

조금 더 빨리, 멀리 도달하는 수준의 자원 정도라고 여겼던 지난날을 머릿속에서 지웠다.

페르노크의 인식이 달라졌다.

마력을 군주들의 근원과 동급에 놓고 도구가 아닌 탐구

해야 할 과제로 판단했다.

페르노크는 처음으로 마력을 진지하게 마주했다.

관찰안까지 발동시켜 마력이 순환되는 구조를 살피고, 취약한 부분의 흐름을 빼앗을 수 있는지.

여러 방면에서 집요하게 마력을 공략하기 시작했다.

'호흡에 따라 움직이는 일차원적인 방식을 벗어나 마법이 아닌, 마력 그 자체로 무언가에 간섭하여 저해시킬 수 있고…….'

절대자들의 기억을 가진 페르노크는 생소한 분야라도 다양한 경험과 지식으로 손쉽게 자신의 것으로 만들 수 있다.

마력을 지금까지 등한시했다고 하나 페르노크는 아타카의 호흡과 맞춰 사용해 왔다.

그것을 다시 분해하고 분석해서 최적화시키는 데 오랜 시간은 필요하지 않았다.

날이 저물고 밤이 찾아와도 페르노크는 그 자리에 앉아 새로운 깨달음에 몰두했다.

그리고 관 하나에 제대로 마력이 코팅되기까지 걸린 시간은 고작 하루였다.

* * *

루인이 라이오닉 제작에 필요한 물품을 사러 잠시 밖에

나갔다 왔다.

성이 들키지 않도록 산 주위에 장벽을 치고 돌아온 그가 황당한 상황과 마주했다.

"이게 다……."

페르노크가 3개에 마력을 코팅해 놓은 채 기다리고 있었다.

믿기지 않았다.

어제 마력 코팅 방식을 처음 가르쳐 줬다.

이 관 안에 흐르는 마력은 무척 농도 짙어 페르노크의 수준에선 한 개를 끝내는 것도 기적적인 일이었다.

하물며, 페르노크는 마력량만 거대하고 흐름을 제대로 다스리지 못하는 전형적인 초보 마법사였다.

그런 그가 마력 코팅을 3개나 끝내 놨다는 사실이 경악스러웠다.

하루아침에 바닥을 기던 아이가 갑자기 전력 질주가 가능해진 모습이었다.

"……페르노크 님이 한 겁니까?"

페르노크가 혀를 차며 말했다.

"마력이 부족하다고 생각해 본 적 없는데, 하다 보니 마력이 텅텅 비게 됐어."

"마력만 충분했다면 이 작업을 전부 할 수 있었단 겁니까?"

"문제 있나?"

"아니, 하루밖에 안 걸렸……."

"하루씩이나 걸렸어?"

되묻는 표정이 불만스럽기까지 하다.

루인이 어처구니없다는 표정을 짓자, 페르노크가 혀를 차며 다시 관을 잡았다.

"나머지는 보름 안에 끝내도록 하지."

* * *

페르노크의 장담대로였다.

그는 정확히 보름 만에 20개의 관 전부를 코팅하는 데 성공했다.

심지어 코팅할 때마다 안색이 활기를 띠고, 겉돌던 마력이 정순해져 갔다.

'마력 조작 속도가 빨라졌다.'

처음 페르노크를 보았을 때, 그의 마력은 마법사란 사실을 드러낼 정도로 겉돌고 있었다.

그러나 지금은 까끌까끌한 느낌이 부드럽게 변해 있었다.

'내가 방법을 알려줬다고는 하나, 그걸 바로 흡수해서 자신의 것으로 만드는 재능이 비정상적이군.'

루인도 천재라 불렸지만, 페르노크는 그 이상이다.

그의 가능성이 비범하여 기쁜 것도 잠시, 루인이 쓴웃

음을 지었다.

'육체 강화형 마법인 게 아쉬워.'

육체는 결국 지친다.

마력을 부여할수록 부하를 견디지 못하고 무너진다.

육체 강화형 마도사는 항상 한계를 보였기 때문에 재능이 뛰어나도 최고가 되지 못했다.

루인은 그 점이 못내 아쉬웠다.

'하다못해 광역 마법이라도 타고났더라면 좋았을 것을.'

육체 강화형 외에 다른 무기가 주어진다면 페르노크의 천재성은 세계를 주름잡을지도 몰랐다.

'일단, 가진 무기를 한계까지 끌어낼 방법을 일러둬야겠어.'

고작, 마력 가속화 선에서 이 수업을 끝낼 생각이 없었다.

루인은 페르노크가 자기 안의 마력을 다루는 정도에서 끝내지 않을 생각이었다.

"좋군요. 관 작업은 혼자서 하셔도 충분할 것 같습니다. 혹시, 작업하면서 궁금하신 점은 없었습니까?"

"보통의 마법사들도 이 정도는 가능한가?"

"허허허, 5레벨 마법사도 관 작업을 못 할 수 있습니다. 단순히 마력량이 높다고 해서 이 공정을 손쉽게 해내는 건 아니지요. 왜 그런지 아십니까?"

"마력에 대한 이해가 부족하니까."

"예. 대부분은 마력을 마법의 원동력 정도로 여깁니다. 연료로 취급해서 소모하고 채우는 것에만 집중하죠."

루인을 만나기 전의 페르노크처럼 말이다.

"아카데미의 마력 운용법도 이 사이클에서 벗어나지 않습니다. 하지만 생각해 보세요. 마법사가 축복받은 이유가 정말 타고난 마법 때문일까요?"

"경우에 따라서 다르겠지."

"일부 특수한 마법을 제외하면 마법사의 가장 큰 축복은 이 마력을 다룬다는 것에 있습니다."

페르노크도 일회성 마법을 흡수했을 때, 마력을 아타카와 합쳐 마력강체술로 탄생시켰다.

마력은 힘을 더하거나 무기처럼 육체가 하지 못하는 부분을 보완하는 정도라고 여겼었다.

"다들 마법이 우선이고 마력을 후순위라고 생각합니다. 순서가 뒤바뀐 거죠. 마력을 타고났기에 마법으로 전환되는 겁니다. 따라서 마력이 중요합니다. 예컨대, 말랑한 마력에 마법을 덧씌우는 것보다, 단단하게 뭉친 마력에 마법을 더하는 것이 훨씬 강합니다. 간혹 낮은 레벨의 마법사가 고레벨의 마법사를 상대로 승리하는 이유가 여기에 있습니다."

"정제된 에너지와 단순히 모아 놓은 에너지의 차이를 말하는 건가?"

"관의 거대한 흐름을 개인이 간섭해서 다루지 않았습니까. 저흰 그걸 마력 장악이라고 부릅니다."

루인의 눈동자가 번뜩인다 싶은 순간, 페르노크는 거대한 늪에 몸이 빨려 들어가는 느낌을 받았다.

'이건…….'

마력강체술이 발동되지 않는다.

마력은 분명 몸 안에 있지만, 튀어 나가려는 힘을 루인의 마력이 짓눌러 버리고 있다.

"굳이 마법으로 형태를 완성시킬 필요가 없습니다. 마력은……."

"마법과 달리 처음부터 에너지원으로 활용되기 때문에 내 것과 당신의 마력은 근본이 같다. 따라서 이런 식으로 내 마력에 간섭할 수 있다는 건가?"

"……역시, 이해가 빠르시군요. 맞습니다. 마력끼리는 서로 간섭할 수 있죠. 이를 마력의 '농도화'라고 부릅니다."

농도가 진한 마력은 무거운 에너지원이 되어 약한 농도의 마력을 짓눌러 버린다.

"상대는 마력을 끌어 올리는 시간이 필요해지고 마법 발동이 지연되지요. 이를 마력 장악 혹은 간섭이라고 부르며, 마도사들은 모두 이것을 기본 베이스로 활용합니다."

페르노크 수준에서 배울 만한 이론이 아니었다.

그러나 루인은 페르노크가 마력 장악을 터득하리라고 믿었다.

'수십 년을 마력만 파고든 마도사처럼 마력에 대한 이해도가 높다. 지금도 내 설명을 대부분 깨닫고 있어.'

마력 장악을 터득한다고 해서 페르노크가 당장 높은 레벨의 마법사를 이기진 못한다.

하지만 이 이론을 완벽히 체화시킨다면 페르노크가 동급 간의 싸움에선 확실히 우위를 점할 수 있다.

"마력에 통달한 자들끼리 이런 식의 마력 운용은 단순한 힘 낭비 아닌가?"

페르노크의 의문은 타당했다.

마력 장악을 시도하기 위해 퍼트리는 마력양이 방어하는 쪽보다 훨씬 소모된다고 생각했기 때문이다.

하지만 이 단순한 힘 싸움을 루인은 당연하게 여겼다.

"마도사급의 마법은 재해와 같습니다. 누가 더 빨리 마법을 발동하느냐에 따라 전쟁의 판도가 달라지죠. 하물며 대치 국면은 어떻겠습니까."

"무의미한 힘 낭비라도 상대의 발목만 잡을 수 있다면 이득이다?"

"제가 마력 장악을 시도함과 동시에 마법을 함께 준비합니다. 상대는 마력 장악을 떨쳐 낸 뒤에 마법을 발동해야 하는 불필요한 과정이 생기게 되죠."

"짧은 틈이 벌어지겠군."

"어쩌면 1초. 그보다 찰나에 불과하지만, 저는 한순간 상대의 우위를 점합니다. 그 영원과도 같은 찰나가 승패를 가릅니다. 마도사의 전쟁을 시간 싸움이라고 하는 이유가 바로 이 때문입니다."

"핵심은 마력 장악과 마법 발동을 동시에 진행시키는 것."

"그래서 마력 장악이 중요합니다. 무의식적으로 발동할 수 있어야 하죠."

페르노크는 마력을 조금 다른 시선으로 보게 되었다.

단순히, 영력을 사용하기 전에 거쳐 갈 수단 정도로 여겼는데, 생각보다 다양한 가능성을 품고 있었다.

"마법사의 레벨이 높아질수록 벽이 생긴다는 이유가 바로 여기에 있습니다."

"레벨이 높다는 건 그만큼 마력을 농도화시키는 능력이 상승했다는 뜻이니까."

"하지만 대부분의 마법사들은 단순히 레벨이 높다고 으스댈 뿐, 마력의 중요성을 모릅니다. 거대한 몸에 아이보다 못한 정신 상태라고 봐야 할까요."

페르노크가 피식 웃었다.

"내가 처음 올 때, 그런 수준이었다는 건가?"

"지금도 비슷합니다. 마력을 기르고, 육체에 코팅하고, 속성 저항력에 발산하는 방법까지 익혔지만, 정작 중요한 핵심을 모르고 계시지 않으셨습니까."

“마력을 강한 에너지원으로 응축시켜야 한다…….”

“마력이 생길 때마다 단단하게 뭉치는 작업을 계속해야 합니다. 이 과정까지 자연스럽게 행할 수 있다면, 페르노크 님은 알맹이가 꽉 찬 상태로 레벨이 오르게 되겠죠. 동급의 마법사보다 우위에 서는 겁니다.”

페르노크가 흥미로운 시선을 보냈다.

“방법을 가르쳐 주겠나?”

기다렸다는 듯 루인이 검지를 치켜세웠다.

마력을 터득한 자들만 검지 위에 만들어진 형태를 읽을 수 있다.

“첫 단계입니다. 저와 같은 숫자를 마력으로 피우십시오.”

페르노크가 검지를 세워 똑같은 숫자 1을 만들려고 했다. 하지만 마력이 피부에 코팅된 상태에서 더 치솟진 않았다.

“어려울 겁니다. 육체에 코팅시킨다거나 무기에 덧씌우는 느낌과 완전히 다르지요.”

“뽑아내서 형태를 유지시켜야 하는데 자꾸만 흩어져.”

“농도가 얕다는 증겁니다.”

루인이 다양한 숫자와 글자를 만들었다.

“코팅은 마력을 엷게 이어 붙이는 작업입니다. 농도가 낮아도 상관없지요. 하지만 이 방식은 추출한 마력이 흩어지지 않도록 응집시켜야 합니다. 뽑아내는 것만으로도 상당한 집중력을 요구하지만, 여기에 한 가지를 더 추가

하죠. 마력강체술까지 하십시오.”

두 가지를 동시에 하려니 익숙한 마력강체술만 펼쳐진다.

“한쪽에만 힘이 집중되는군.”

페르노크가 검지에 마력을 집중시켰다. 약한 부분을 떼어 내고, 핵심만 모아 놓는 이미지로 마력을 응집시켰다.

숫자 1이 바로 완성되었다.

페르노크는 바로 마력강체술까지 끌어 올렸다.

식은땀이 흐르지만 루인의 과제를 해결했다.

“이게 끝인가?”

자신감이 엿보이는 페르노크의 숫자에 루인이 검지를 가져갔다.

루인의 숫자와 부딪친 페르노크의 숫자가 촛불처럼 훅 꺼졌다.

“성급하시군요. 농도를 좀 더 올리세요.”

“마력량의 차이 아닌가?”

“저는 처음부터 페르노크 님과 동급의 마력만 사용하고 있습니다.”

페르노크가 다시 마력을 피워 올렸다. 이것만으로도 대단한 성과였다.

하지만 루인의 숫자와 부딪치자마자 쉽게 사라진다.

“겉모습에 현혹되지 마십시오.”

페르노크가 몇 번을 시도해도 마찬가지였다. 원리는 이

해했지만 루인에게 통하지 않았다.

"앞으론 라이오닉을 제작하면서 마력강체술을 유지합니다. 그리고 제가 올 때마다 마력 장악 승부를 할 테니, 어디서든 형태를 바로 완성시키도록 하십시오."

루인이 싱긋 웃으며 사라졌다.

검지에 연달아 마력을 피워 올리는 페르노크의 눈동자는 재밌는 장난감을 발견한 듯 반짝거리고 있었다.

* * *

그날부터 페르노크는 마력을 시도 때도 없이 돌리기 시작했다.

루인은 페르노크의 마력이 흐트러지는 순간을 기가 막히게 노리고 찾아와 마력 장악 승부를 신청했다.

20번까지 숫자를 세던 페르노크가 더 이상 승패에 연연하지 않았다.

부딪칠 때마다 패배했다.

그 이유를 분석해서 한시라도 빨리 자신의 것으로 만들고 싶었다.

고도의 집중력을 요구하는 제작과 마력 장악 승부가 매일같이 이뤄졌다.

마력이 소모되는 만큼 빠르게 회복되었다. 그리고 처음으로 페르노크의 마력이 버텼다.

"다음 형태입니다."

예상했다는 듯 루인이 글자 승부를 제안했다.

숫자 1을 만들 때와 달리 마력을 구부려야 해서 형태 제작에 애를 먹었다.

하지만 얼마 지나지 않아 글자를 완성시켰고, 페르노크는 경험을 살려 루인과 계속해서 맞부딪쳤다.

라이오닉이 완성되어 갈수록 페르노크가 버티는 시간이 늘어났다.

숫자와 글자 그리고 작은 도형으로 형태가 늘어났다.

페르노크는 어느새 5번의 충돌까지 견디게 되었으며 마력강체술은 최소한의 마력으로 유지되었다.

"좋군요."

루인의 별이 페르노크의 별을 깨뜨리지 못했다.

불과 두 달 만에 페르노크의 마력 농도가 상당한 수준에 이르렀다.

"이제부턴 본격적인 마력 장악 전투를 시작하죠."

루인은 수련에 박차를 가했다.

그는 검지에 모은 마력을 콩알만 한 형태로 페르노크에게 날렸다.

마법이 부여되지 않은 순수한 에너지원이라 페르노크에게 상처를 입히지 못했다.

하지만 마력탄이 닿은 직후 페르노크의 마력강체술이 굳어졌다. 루인의 마력에 짓눌려 버린 것이다.

"이건 보편적인 원거리 마력 장악 방식입니다. 형태를 만들거나, 지면에 마력을 퍼트려 상대를 압박하죠. 저는 이 방법만으로 상대하겠습니다. 페르노크 님은 지금 당장 이걸 따라 하기 어려우시니, 무기에 마력을 둘러 접촉한 상대의 마력을 장악하는 방식으로 전투를 진행하시죠."

페르노크가 말없이 아티펙트를 글러브로 변환시켰다.

"마력강체술이 깨지는 순간 전투는 종료됩니다."

루인이 검지를 올린 순간, 페르노크가 앞으로 쏘아졌다.

마력강체술로 상승한 신체 능력이 잔상을 일으키며 루인의 정수를 짓뭉개려 했다.

따악!

페르노크가 어깨를 감싸며 물러났다.

분명 10미터를 남겨 둔 거리였다.

몸 안의 마력이 사라지는가 싶더니, 무언가에 부딪혀 밀려났다.

"보셨습니까?"

"아니, 전혀."

"제 장벽을 넘어올 정도면 보셔야 했을 텐데요?"

"그 방식은 수련에 도움이 안 돼."

일부러 관찰안을 발동하지 않았다.

귀한 가르침을 받는 과정에서 능력에 모든 것을 맡긴다면 실력이 정체되기 때문이다.

"탐구하는 자세가 나쁘지 않군요. 칭찬하는 의미에서 한 가지 귀띔을 드리자면, 마력탄을 쏘아 보내는 중에 형태를 다양한 방식으로 변경할 수 있습니다. 그건 몸에 영향을 끼치지 않고 대신 마법을 지연시키죠."

"마력 장악의 다양한 형태. 어떤 의미인지 알겠군."

페르노크가 마력을 엷게 퍼트리는 모습에 루인이 싱긋 웃었다.

'사고 전환이 유연하다. 허허, 나보다 경험 많은 노병을 상대하는 기분이군.'

루인은 그 자리에서 한 발짝도 움직이지 않았다.

페르노크는 악착같이 달라붙어 루인을 베어 내려 했다.

하지만 10미터, 20미터…… 점점 밀려나기 시작했다.

'몸이 둔해졌나.'

다시 살아나자마자 사투의 연속이었다.

관찰안에 의지하지 않는 몸뚱어리는 생각보다 빈약했다.

덕분에 페르노크는 지금 자신의 수준을 객관화시킬 수 있었다.

'마력으로 마력을 장악한다. 그럼 내 주먹에 마력을 집중시켜 극도로 농축된 일격을 저 벽에 때려 박는다면?'

페르노크가 지면을 거칠게 박차며 방금과 같은 맹렬한 돌진을 선보였다.

무모해 보이는 모습이었지만 루인은 고개를 끄덕였다.

"좋군요."

주먹이 빈 허공을 때리자 무언가 산산이 깨져 나갔다.

루인이 쳐 놓은 마력 장벽이었다.

저농도를 억지로 통과할 때마다 페르노크의 마력이 저해되어 마력강체술을 강제로 해제시켜 버린 것이다.

그 원인을 돌파했으니 페르노크의 기세가 더욱 불어나야 정상이다.

하지만 페르노크는 다시 10미터 앞에서 멈췄다.

"장벽에 마력탄."

눈치챘을 땐, 이미 루인의 마력탄이 페르노크 복부에 꽂혔다.

글러브에 깃든 마력이 흔적도 없이 사라졌다.

'마력량은 동급으로 설정하고 대련할 텐데 이 정도 차이라면…….'

일루미나 왕국에서 마도사들을 상대할 때, 순간에 결판이 날지도 모른다.

페르노크는 마력의 새로운 가능성을 탐구하는 한편, 이 수련이 가져다주는 좋은 경험을 계속 몸에 체득해 나갔다.

* * *

루인은 페르노크를 지켜보았다.

라이오닉의 제작과 성의 기능을 재정비하고 무섭게 성장하는 그 내면에 어떤 욕망이 감춰져 있는지를.

'그에 어울리는 자질까지 갖추고 있다.'

페르노크가 왜 수련에 성실히 임하는지도 알고 있다.

비단, 성장 때문만은 아니다.

루인과의 신뢰를 다지려는 측면이 더 깊다.

'신은 아직 연금술을 버리지 않으셨는가.'

죽을 날만 기다리던 자신에게 찾아온 만남.

자신을 간절히 원하는 비범한 재능의 은인.

루인이 지그시 눈을 감았다.

'내게 주어진 마지막 기회…….'

선택의 시간이다.

* * *

3개월의 수련 끝에 루인이 손을 멈췄다.

"마력 장악은 완숙해지셨습니다. 이제 레벨이 오를 때마다, 상승한 마력에 적응하며 자유롭게 다루는 방식을 터득하면 되겠군요."

"수련은 이제 끝인가?"

루인이 책 한 권을 꺼냈다.

성의 모든 구역과 그 특징을 기록한 정비 지침서였다.

"육체 강화 마법에 가장 필요할 겁니다. 혼자서 충분히 가능하실 테니, 잠시 성을 맡기겠습니다."

루인은 라이오닉의 재료를 공수하기 위해 종종 성을 비웠었다.

"이번엔 얼마나 걸리지?"

"장담 드리기 어렵군요. 핵심 코어를 가져오는 일이라."

페르노크의 눈이 번뜩였다.

"코어를 찾았나?"

"오래전부터 알고 있었습니다. 하지만 선뜻 용기가 나지 않더군요."

"……?"

"도움이 필요하면 연락드리겠습니다. 그때까지 성의 기능 점검을 부탁드리죠."

말 못 할 사연이 있는 듯하여 더는 묻지 않고 고개만 끄덕였다.

다음 날, 루인은 쌍바위 지점에 서로 연락할 수단을 만들어 놓고 성을 떠났다.

페르노크는 바로 성의 기능 점검에 돌입했다.

우선, 쌓여 있는 재료를 확인하고 복잡하거나 부서진 부분을 보완했다.

외관에 흠이 없어질 무렵 페르노크는 성의 중추 기능을 담당하는 곳으로 향했다.

제일 처음은 동쪽 대장간이었다.

"꺼진 불씨를 피워야 한다고 했었지."

페르노크가 루인의 지침서를 펼쳐 보았다.

[동쪽 대장간.]

연금술로 화염석을 만들어 마력 관에 연결해야 한다.
피어오른 불길은 마력에 따라 온도가 달라질 것이나, 기본적으로 4레벨 화염에서 시작된다.
육체 강화형이 잘못 손댔다간 그대로 살점이 녹아 버릴 수 있다.
사고를 예방하기 위해선 마력을 피부에 침투시켜 속성 저항력을 갖추는 수밖에 없는데, 이를 마력 투여라고 한다.
마력 투여는 숨 쉬듯 자연스럽게 일어나야 하며, 돌발적인 상황에서 반사적으로 발동되어야 한다.

대장간에는 장소를 활용해 마력을 수련하는 방법이 적혀 있었다.
다른 세 방향의 구역마다 마력을 심도 있게 다루도록 조절하게끔 설계되었다.
언뜻 보기엔 지침서에 불과하지만, 마력 장악을 터득한 페르노크에겐 상당한 난이도의 수련처럼 보였다.
'역시 작업은 핑계고 내 마력을 다양한 각도로 수련시킬 생각이군.'

지침서 끄트머리에 루인의 사족이 달려 있었다.

[……끝으로 페르노크 님은 혼자서 수행할 능력이 있다고 판단됩니다.

마력 수업은 일정 경지에 올랐으니, 이젠 마법을 단련시킬 차례입니다.

제 지도 때문에 이미 육체 강화 마법을 터득한 페르노크 님을 잘못된 방향으로 이끌까 두렵습니다.

하여, 각 구역별로 육체 강화 마법 성장에 필요한 기능들을 남겨 놓았습니다.

자유롭게 시행해 보시고 맞는 옷을 찾아 입길 바랍니다.

그럼 성을 부탁드립니다.]

아무리 좋은 이론이 있어도 실전은 다른 법이고, 작업은 섬세하며 다양한 마력 조작을 요구한다.

페르노크가 이를 시행해 보면서 육체 강화 마법에 어떤 취약점이 있고, 이것을 극복해 나가야 할지 판단하길 바라는 마음으로 이 수행법을 남긴 것이다.

섬세한 지도자가 없어서 막막할 법도 하건만, 페르노크는 루인의 예상대로 적극적인 마법 강화 작업에 돌입했다.

'지금 내게 가장 필요한 부분은 속성 저항력이다. 아발라 세력들과 싸웠을 때도, 자연 계열 마법을 쉽게 떨치지 못했지.'

페르노크가 대장간을 살폈다.

연금술서에는 화염석 외에 다양한 속성을 지닌 돌들이 있었고, 이곳에는 만들고 남을 만큼의 충분한 재료가 있었다.

'다양한 속성석을 만들어 화로에 집어넣고 색색의 형태들이 발하는 마력에 내 몸을 적응시킨다. 그리고 간섭하며 해석하여 마력강체술이 다양한 자연 계열 마법에 저항할 수단을 강구하는 거야.'

마력관을 화로에 연결시킨 뒤, 제일 먼저 화염석을 집어넣었다.

삽시간에 타오르는 불길 속에 자신을 내던지며 마력강체술을 최고조로 끌어 올렸다.

'불길이 몸에 닿는 것보다 마력이 불씨를 살리는 속도가 훨씬 빠르다. 이 가속화되는 마력을 자연스럽게 피부로 침투시킨다.'

몸을 익혀 버릴 것만 같은 열기가 통증을 전해 왔다.

하지만 마력이 열기에 피부가 상하지 않도록 보호하기 시작한다.

이 순간, 페르노크는 루인에게 배운 마력 침투 운영 방식을 사용했다.

마도사의 깨달음은 아주 효율적으로 열기에 저항할 방법을 알려 준다.

천금을 주고도 얻지 못할 루인의 마력 조작 방식이었지

만, 페르노크는 부족함을 느꼈다.

명계에서 다스린 망자들의 수많은 기억을 떠올리며 이 방식의 부족한 부분을 보완한다.

형태와 크기가 아닌 밀도의 문제.

페르노크는 새로운 깨달음이 가져다주는 환희에 씨익 웃었다.

넘실거리는 불길 너머에 즐비한 속성석들이 만찬이라도 되는 것처럼 탐스럽게 반짝였다.

'마도사의 깨달음은 확실히 마법사의 조잡한 방식들과 달라. 내가 왜 루인의 장벽에 허우적거렸는지 알겠군.'

루인의 착각은 단 하나.

페르노크가 명계에서 루인과 비교될 만한 강자들의 지식을 습득했단 사실을 모른다는 것.

낯설었던 마법이 제 살처럼 친숙해져 갈 때, 페르노크의 마력 조작은 진일보했다.

'굳이 영력을 통해 마력을 흡수해야 할까. 마법의 원동력은 마력이다. 결국, 발동된 마법에서 마력만 따로 추출하면 돼. 그래, 마력관이다. 관이 내 마력을 빼앗았듯이, 나도 상대의 마법에서 마력만 흡수하는 거야.'

페르노크가 열기에 손을 얹자 불꽃이 훅 하고 사라졌다.

'발동된 마법에서 저항 없는 이것처럼 마력만 추출하긴 쉽지 않겠지. 그러니, 마력강체술이 꺼지지 않을 만큼만

야금야금 갉아먹는다. 상대의 힘을 빼앗아 내 육체에 지속 가능한 힘을 심어 버린다.'

머릿속에 폭죽이 터지는 듯했다.

루인의 지식이 더해질수록 참기 힘든 정보의 쾌락이 온몸을 환희로 가득 채웠다.

"다음은 서쪽 재배 구역인가."

대장간 작업 일주일째.

페르노크가 다양한 속성 저항력을 깨우쳤다.

* * *

페르노크는 루인의 안배를 차례대로 습득해 나갔다.

한 달이 지나지 않아 모든 구역의 기능 점검을 끝마쳤다.

마법은 발전하여 원하는 속성 저항력을 갖췄고, 마력은 어느새 5레벨에 도달했다.

그리고 마력은 영력의 흡수 없이도 지속적으로 순환하는 상태에 이르렀다.

페르노크는 아침마다 몸을 푸는 정도로 수련을 간소화시키며 라이오닉 제작에 몰두하던 어느 날이었다.

쌍바위 지점에 묘한 신호가 들려왔다.

페르노크가 장막 안에서 바깥을 살펴보니, 허름한 차림의 사내가 초조한 표정으로 주위를 두리번거리고 있었다.

그는 루인이 마련해 둔 신호판을 일정한 간격으로 두드렸다.

루인이 호출할 때 사용하는 신호가 분명했다.

"누가 보내서 찾아왔지?"

페르노크가 모습을 드러내자 사내가 활짝 웃으며 다가왔다.

"아이고, 안녕하십니까! 저는 용병 마슨이라고 합니다! 루인이라는 의뢰자께서 페르노크 님을 모셔 오라고 하셨습니다."

"루인은 지금 어디 있지?"

"제법 먼 거리인데, 말을 준비해 놨습니다. 되도록 빨리 모셔 오라고 하셔서 시간이 없는데, 가면서 얘기 드려도 될까요?"

"잠시, 기다리고 있게."

페르노크가 성으로 돌아가 간단히 장비를 챙기고 쌍바위 지점 밖에 나왔다.

"가지."

마슨과 산을 내려가 말을 타고 북쪽 길을 달렸다.

* * *

지도에 표기되지 않은 숲이었다.

"여기 풀 잘린 길을 따라 쭉 가시면 의뢰주께서 기다리고 계십니다."

고개를 꾸벅 숙인 마슨이 말을 끌고 왔던 길을 돌아갔다.

페르노크가 닦인 길을 따라 걸었다.

굳이 발자국 찾을 필요도 없었다.

멀리서 그를 부르는 마력이 느껴졌다.

숲길을 한참 걸어 햇살이 드리우는 넓은 장소에 들어섰다.

사람 한 명 들어갈 만한 바위 구멍 앞에 루인이 서 있었다.

"못 보던 새에 성숙해지셨군요."

"겨우 한 달이 지났을 뿐인데 뭘."

"허허, 그 배 속에 감춘 마력도 마도사급이 아니라면 쉽게 눈치채지 못할 겁니다. 완숙해지셨습니다, 페르노크 님."

페르노크가 피식 웃으며 바위 구멍 근처로 다가갔다.

"칭찬이나 하자고 부른 건 아닐 테고, 여기에 뭐가 있나?"

"라이오닉의 핵심 코어인, 창공의 눈물이 이 안에 있습니다. 하지만……."

루인의 시선을 따라 바라본 곳에 독특한 장치가 걸려 있다.

페르노크는 왜 루인이 자신을 기다렸는지 알 것 같았다.

"연금술이군. 주로 형태를 봉인하는 자물쇠 같은 것을 여기에 채웠어. 이 형태는……."

"예. 보들레아입니다."

루인이 연금술을 쓸어내리며 흐릿한 미소를 머금었다.

"젊은 날의 저는 용병으로 생활했습니다. 보들레아와 동료들이 이 유적을 발견했고, 창공의 눈물이라는 거대한 마력 코어를 확인했죠. 하지만 코어를 빼 오진 않았습니다. 당시엔 그 힘을 다룰 만한 케이스가 없었으니까요."

"지금은 있나?"

"예. 보들레아가 라이오닉을 만들면서 코어를 감당할 만한 이 보관함을 만들었습니다."

루인이 품에서 작은 함을 꺼내 보였다.

"여기에 창공의 눈물을 담아 가면 됩니다. 한데, 유적에 다시 자물쇠가 채워졌을 줄은 예상하지 못했습니다."

"당신이 걸어 잠근 거 아니었어?"

"허허, 그럴 리가요. 이곳엔 이미 제 마도술을 걸어 놨었습니다. 보들레아가 죽고 연금술에 대한 이론마저 사라지는 상황에서 제가 안전장치가 확보된 유적을 다시 잠글 리가 없지 않겠습니까."

"다른 누군가가 발견한 건가?"

"짐작 가는 친구가 있습니다. 왜 고약한 장난을 쳐 놨는지도 알 것 같고요."

페르노크가 고개를 끄덕였다.

"그럼 이걸 열기만 하면 되는 건가."

"부탁드리겠습니다."

루인이 물러서자 페르노크가 자물쇠를 살폈다.

억지로 마력을 보내 부쉈다간 유적 전체를 함몰시키는 극단적인 방식을 채용하고 있었다.

철컥.

페르노크가 보들레아의 기억을 떠올리며 자물쇠를 풀어 나갔다.

복잡하게 꼬인 선을 단순하게 바꾼 뒤에 풀어 버리자 자물쇠가 바위에 파묻혔다.

"자물쇠가 다시 발동될 일은 없을 거야."

"다행이군요. 그럼 같이 들어가시겠습니까?"

"유적이 위험한가?"

"창공의 눈물이 보관된 제단은 두 명이 동시에 장치를 발동시켜야 열 수 있습니다. 제가 강제로 열어도 되지만, 젊은 날의 추억이 있는 장소를 굳이 훼손시키고 싶진 않습니다."

아내와의 추억이 담긴 곳.

[아잇! 루인! 뭐 하는 거야! 옆으로 돌려!]

[하하하하! 저놈 또 성질 급해서 혼자 움직인 거 봐!]

[보들레아! 왜 저런 놈하고 같이 작업하냐! 내가 더 잘

하겠다!]

보들레아의 기억 속 낯선 누군가의 목소리들.

루인과 함께했다는 동료들이 틀림없다.

왁자지껄한 분위기가 음습한 동굴 안과 어울리지 않게 화사해서 페르노크가 고개를 털었다.

"빨리 회수하도록 하지."

"감사합니다."

싱긋 웃은 루인이 페르노크와 동굴 안으로 들어갔다.

한 명씩 걷기에도 비좁은 통로는 안으로 들어설수록 넓어졌다.

"흔적들이 아주 격렬하군."

"허허허, 그때는 젊었죠. 지금처럼 힘도 없었고, 다들 뭉쳐서 고난을 헤쳐 나가야 했습니다."

벽과 바닥에 훼손된 흔적이 가득하다.

함정 사출구로 짐작되는 부분은 연금술 도구로 틀어막은 흔적도 보인다.

루인과 한참 걸었을 때였다.

제단으로 향하는 문 앞에 새까만 무언가가 일렁이고 있었다.

"마물이 재생성됐나."

루인이 중얼거리는 말에 보들레아의 기억이 솟구친다.

마물.

마력에 불순물이 뒤섞여 타락한 기운을 마기라고 한다.

마물은 몬스터가 마기를 뒤집어써서 이성을 잃고 광화되는 현상을 일컫는다.

한 번 탄생된 마물은 마기가 모두 씻겨 나갈 때까지 그 자리에서 일정한 시간을 두고 재생성 된다.

"이곳의 포인트는 모두 제거해 뒀을 텐데, 유적이 가진 부정함이 마기를 다시 쌓은 건가."

마물은 마기를 통해 마법사들처럼 특별한 힘을 발휘한다.

하급 마물은 단순히 육체가 강화되는 정도지만, 중, 상급 마물은 속성을 다룬다.

지금처럼.

화아악-!

마물이 입에서 새까만 불을 토해 냄과 동시에 페르노크아 마력강체술을 끌어 올렸다.

아티펙트를 글러브 형태로 만들어 전방으로 돌진했다.

불은 페르노크의 마력강체술에 흘렀고, 마물의 머리는 글러브에 터져 나갔다.

그와 동시에 루인이 지팡이를 내리치자, 압도적인 마력이 마물의 잔해를 쓸어버렸다.

마기가 씻은 듯이 사라지자 루인이 싱긋 웃었다.

"페르노크 님께서 직접 나서실 필요도 없었습니다."

"속성 저항력이 제대로 발동되는지 확인하고 싶었을

뿐이야. 한데…….”

마물이 사라진 자리를 바라본 페르노크가 묘한 것과 마주했다.

‘검은 영혼?’

율리버처럼 미련에 침식당한 혼은 원념 상태에 접어들기 전까지 영혼의 형질을 유지한다. 하지만 지금 마물의 영혼은 그것과 결이 다르다.

형질부터 내용물까지 모두 시커먼 액체로 가득 채워져 구역질이 날 정도로 더럽다.

불길한 역겨움에 페르노크가 저도 모르게 영력을 흘려보냈다.

새까만 테가 씻기자 내용물마저 정화된 마물의 혼이 찬란한 빛으로 가득 차올랐다.

동화율 – 17.1%

4레벨 마법사를 먹어도 더디게 오르던 동화율이 눈에 띄는 변화를 나타냈다.

페르노크의 눈이 휘둥그레졌다.

“혹시 마물은 처음이셨습니까?”

놀람을 다른 식으로 해석한 루인이 묻자 페르노크가 고개를 끄덕였다.

“마물은 유적에서만 나타나는 건가?”

“오래된 장소, 오염된 토지, 마기가 깃든 곳엔 마물이 있습니다. 딱히 특정 지을 수 없지만…….”

루인이 무언가를 떠올린 듯 웃으며 말했다.

“이곳 르젠엔 마물을 산업으로 관리하는 특별한 지역이 있습니다. 그곳엔 고레벨 마법사들이 모여도 쉽게 어쩌지 못할 상위 마물까지 기생하고 있지요.”

마음껏 죽여도 상관없는 마물들이 지천에 널려 있는 곳.

치솟은 동화율과 그 말을 뇌리에 새긴 페르노크 입가에 진한 미소가 감돌았다.

* * *

“그곳이 어디지?”

“르젠에선 아주 유명한 곳입니다. 이 일이 마무리되면 들어갈 방법도 알려 드리지요.”

페르노크가 고개를 끄덕이자, 루인이 웃으며 제단의 문을 열었다.

부서진 잔해들이 사방에 널려 있는데도 제단은 홀로 고고한 기품을 드러냈다.

“왼쪽 원에 서서 저와 함께 주문을 읊어 주십시오.”

두 사람이 서로 다른 원에 마주서서 합창을 시작했다.

언어가 유적 내부에 진동한 그때, 제단이 갈라지며 푸

른빛의 보석이 떠올랐다.

창공의 눈물.

강대한 마력을 담아내도 부서지지 않는 자연의 보물이라 불린다.

지금은 구할 수도 없어서 기록에만 존재하는 환상의 신물이라고도 칭해진다.

창공의 눈물은 장시간 외부에 노출될 시 자연스럽게 흩어진다.

이걸 가공해야 자유롭게 사용할 수 있다.

젊은 날엔 바라만 봐야 했던 창공의 눈물을 루인이 보관함에 집어넣었다.

이 상태로 성에 가져가서 코어의 형태로 가공한 뒤 집어넣는다면, 커다란 충격에도 쉽게 부서지지 않을 라이오닉의 동력이 확보된다.

"고생하셨습니다."

보관함을 만지작거리는 루인은 감회가 새로운 모양이다.

이제 라이오닉 개발의 절반 이상을 완수했으니, 보들레아와 함께했던 추억을 되새기는 것도 무리가 아니다.

두 사람은 유적을 빠져나왔다.

주요 내용물까지 가져온 마당에 유적을 붕괴하거나 자물쇠로 걸어 잠그는 수고를 들일 필요가 없었다.

루인이 보관함을 페르노크에게 넘기며 말했다.

"잠시, 들릴 곳이 있습니다. 성에서 기다려 주십시오."

"오래 걸리는 일인가?"

"코어 가공 작업이 시작되기 전에 돌아갈 겁니다."

"볼일이 있다면 천천히 해결하도록 해."

"그건 제 뜻대로 되는 일이 아닌지라."

의아한 말과 함께 루인이 씁쓸한 미소를 머금었다.

페르노크가 보관함을 품에 넣고 성으로 향하자, 루인은 숲의 깊은 곳으로 들어갔다.

* * *

숲 안쪽, 빛이 잘 드는 곳에 오두막집이 하나 지어져 있었다.

루인이 온기가 감도는 집 문을 열었다.

침상에 누워 있던 노인이 고개만 돌려 루인을 맞이했다.

"오랜만이다, 루인."

"주름살이 늘었군, 팔코."

"허허허, 어느 시절을 얘기하는 거야. 함께 모험했던 날들? 아니면 네가 그 산에 틀어박혀 외부와 단절했던 시간?"

"우리가 모험을 끝낸 그날."

"아아, 기억나는군. 보들레아를 잃고 절규하던 네 모습이……."

팔코는 유일하게 남은 루인의 용병 동료였다.

그러나 팔코는 세월의 무게를 견디지 못하고 다른 동료들처럼 죽음을 목전에 두고 있었다.

루인은 이따금 집을 정리해 주러 방문하고 있었으나, 팔코의 얼굴을 직접 보진 않았다.

그를 볼 때마다 젊은 시절의 추억과 낭만이 되살아나, 죽은 보들레아의 모습과 겹쳤기 때문이다.

"……이젠 떨쳐 냈어?"

"아직도 나는 그녀의 추억에 잠겨 살아간다. 그리고 얼마 전엔 그녀의 유지를 이은 은인과도 만났지."

"호오, 연금술을 계승한 사람이라…… 보들레아와 같은 가문인가? 아님, 다른 연금술사?"

"둘 다 아니야. 말로 설명하자면 길어."

"설명은 됐어. 네가 직접 나를 마주할 정도면 아주 고맙고 좋은 사람이란 뜻이겠지."

"네 고약한 장난질을 두말없이 풀어 줄 정도니까 말이야."

"유적도 갔었나?"

루인이 침상 옆에 앉았다.

"자물쇠, 네가 걸었지?"

"혹시 누군가 우리 보물을 빼어 갈지도 모른다고 생각했어. 다행히도 네가 보물을 찾아갔구나. 자물쇠를 열었으니 이제 결심이 선 거야?"

"……잘 모르겠어."

"허허허허, 이 미련한 친구야. 지금 내 모습이 어떤지 봐."

팔코가 몸을 뒤척여 보지만 상체를 일으키는 것조차 버거웠다. 그러나 그는 힘겨운 와중에도 웃음을 잃지 않았다.

"난 밥 먹고, 화장실 가는 것 말곤 하루를 누워서 보내. 하지만 넌 나완 비교도 안 되잖아. 그 시절보다 더 넓고 큰 곳에 우뚝 설 수 있잖아."

"하지만……."

팔코가 침상에 얹힌 루인의 손을 잡았다.

"과거에 계속 발목 잡히지 마. 보들레아도, 우리도, 리더의 침울한 모습을 보고 싶지 않아."

"……."

"그럼에도 망설여지나? 그럼 넌 아직 지켜야 할 게 남아 있다는 뜻이야. 이번엔 잃기 전에 움직여. 후회할 짓은 두 번 다시 하지 마."

루인의 눈동자가 흔들렸다.

오랜 친우의 아픔이 더 이상 이어지지 않기를 바라며 팔코는 씨익 웃었다.

"그립구먼. 너와 함께했던 모험들이."

팔코가 눈을 감고 침대에 쓰러지듯 누웠다.

"이번엔 늦지 않게 와서 다행이야."

루인의 손을 잡던 온기가 약해져 갔다.

팔코의 숨소리가 고르게 변해 갔다.

날이 저물도록 그 자리에 앉아 루인은 팔코의 모습을 지켜보았다.

젊은 시절처럼 미소를 잃지 않는 모습으로 팔코는 조용히 숨을 거뒀다.

이젠 더 이상 루인의 과거를 기억해 주는 사람이 없다.

남은 건, 앞으로 추억을 함께 쌓아 갈 한 명의 존재뿐.

"그래, 잃을 것도 없지. 이미 다 이뤘으니까."

팔코는 이 집과 함께 자연히 소멸하는 것을 원했었다.

"남은 인생을 새로 쌓아 보는 것도 나쁘진 않겠어."

페르노크가 평온히 잠든 팔코에게 미소 지으며 오두막에 마법을 걸었다.

누구도 발견하지 못하고 빛과 바람에 자연히 흘러갈 수 있도록.

그리고 모든 과거를 떨쳐 낸 루인이 성으로 향했다.

* * *

페르노크가 창공의 눈물 가공 작업에 돌입할 때, 루인은 어딘가 후련해 보이는 모습으로 찾아왔다.

많은 짐을 덜어 낸 느낌을 받았다.

"술 한잔하시겠습니까?"

"술도 있었나?"

"저장해 놓은 와인이 있었죠."

루인이 오래된 와인을 가지고 성벽에 걸터앉았다.

페르노크와 저물어 가는 석양을 바라보며 영롱한 와인을 건넸다.

"제가 왜 이 성에 그토록 매달렸는지 아십니까?"

"연금술사들이 숨어 살 수 있는 터전을 만들고 싶다는 이유 아니었나?"

"그건 보들레아의 염원이었습니다. 저는 그저 보들레아가 웃길 바라는 마음으로 이곳에 합류했지요."

사소한 이유에서 시작된 여정이 오랜 세월 동안 이어졌다.

"보들레아는 다리가 불편했습니다. 마치 세상이 그녀가 걷지 못하도록 저주를 퍼붓는 것만 같았죠. 그래서 저는 오히려 이 세상을 그녀가 내려다보고 비웃기를 바라는 마음으로 성을 띄운다는 비현실적인 작업에 참여한 겁니다."

"보들레아의 말처럼 젊은 시절엔 대책이 없었군. 성을 띄우기만 하면 된다고 생각했던 거야?"

"소박한 꿈도 하나 있었습니다."

잔을 매만지던 루인이 피식 웃었다.

"아무도 찾지 않을 먼바다에 성을 정착시켜, 세상에 소외받는 사람들과 행복하게 살아가고 싶었죠. 그리고 그들과 함께 연금술의 명맥을 이어 나가려 했습니다."

"연금술의 나라를 세우려 했군."

"당신처럼 말입니다."

페르노크가 와인을 한 모금 마시며 덤덤히 물었다.

"내가 황무지에 나라를 세울 사람처럼 보이나?"

"1왕자를 죽이는 선에서 끝날 거라 보지 않습니다."

"왜?"

"결국, 모든 왕족을 숙청하게 되면 왕위는 유일하게 남겨진 페르노크 님께서 자연스럽게 이으실 터."

"그래서?"

"1왕자는 세계 최강이라 일컬어지는 라키스 제국과 연을 맺고 있습니다. 다른 왕족들도 저마다 다양한 나라들과 협력하고 있지요. 그들을 친다는 건, 뒤를 봐주는 모든 나라들과 전쟁을 벌인다는 뜻과도 같습니다."

루인의 위험천만한 발언에도 페르노크는 태연히 웃기만 했다.

"잘도 조사했군."

"여기에 연금술까지 등장한다면 마법사 협회까지 상대하게 됩니다."

"그깟 잡놈들이 무서웠다면 애초에 여기까지 오지도 않았어."

"적을 더 늘려서 어쩌자는 겁니까."

"이젠 당신 같은 아군도 늘려 갈 생각이야."

"자신 있으십니까?"

페르노크가 피식 웃었다.

"누가 적이 되고 아군이 될지는 아무도 몰라. 지금 당장 닥치지 않은 일을 걱정하고 우려한다면 우린 아무것도 못 해. 당신이 나를 믿지 못해서 이 성을 알려 주지 않았다면 라이오닉이 영원히 사장됐을 것처럼 말이야."

"틀린 말은 아니군요."

"이만 떠보고 확실히 노선을 정하는 게 어때. 아직도 내가 미덥지 않아 보이나?"

페르노크는 줄곧 루인을 데려가고 싶은 욕심을 표출했다.

루인도 잘 알고 결심을 끝낸 상태다.

"아닙니다. 오히려 저는 페르노크 님께서 왕의 자질을 타고났다고 생각합니다. 하지만 페르노크 님을 도와주고 싶은 마음과 위험이 예상되는 길을 걷지 못하게 막으려는 두 가지 마음이 존재합니다."

페르노크에 대한 루인의 마음은 모두 선의로 가득 차 있었다.

그는 부부의 염원을 이뤄 준 페르노크가 죽지 않기를 바란다.

상대는 온갖 이해관계가 얽힌 왕국이다.

심지어 페르노크가 반드시 죽여야 할 대상엔 1왕자가 있다.

라키스 제국을 상대로 루인은 방패막이조차 안 될지도

모른다.

함께 위험한 길에 뛰어들어 역경을 헤쳐 나갈 것인가.
충분히 준비될 때까지 예견된 위험을 피할 것인가.

페르노크를 도와준다는 마음이 강하기에 최악의 상황을 피하고 싶은 마음도 굴뚝같다.
"이곳에 좀 더 머물면서 계속 수련하라는 거야?"
"마음 같아선 그렇게 붙잡고 싶지만 쉽지 않겠죠."
"라이오닉이 완성되는 대로 나는 이곳을 떠날 거야."
"그러니 제가 한 가지 제안을 드리겠습니다."
"제안?"
"더블 코어를 가동시키기 위해선 창공의 눈물에 버금가는 재료가 필요하다는 사실을 알고 계시겠지요."
본래, 보들레아의 방식대로 하나의 코어만 사용할 예정이었다면 창공의 눈물만으로도 충분하다.
하지만 페르노크의 더블 코어는 외부 출력을 감당해 줄 또 다른 마력 핵이 필요하다.
"대체제가 있습니다. 공허한 눈동자를 아십니까?"
처음 들어 보는 이름이다.
"제가 유적에서 말씀드렸던 마물을 관리하는 특별한 장소. 일명, 마물의 산맥이라 불리는 곳. 그곳 정상에 공허한 눈동자를 품은 마물의 주인이 살고 있습니다."

"그놈에게서 공허한 눈동자를 회수해 와야 한다는 건가?"
"그렇습니다. 하지만 쉽지 않을 겁니다. 르젠 왕국에서 토벌령을 내렸으나 실패했을 정도니까요."
"당신보다 강한가?"
루인이 고개를 저었다.
"젊은 시절, 마법사였던 전 토벌대에 합류했지만 놈과 부딪치지도 못하고 하산했죠. 산맥은 고도에 따라 마력 농도가 달라지는데, 특히 정상에는 마법사들의 마력은 손쉽게 간섭하는 방대한 결계가 세워져 있습니다. 그걸 뚫지 못해 저는 주인과 만나지도 못했습니다."
"그럼 르젠은 관망만 해 왔던 건가?"
"마기가 농축된 산에서 죽은 마물들이 되살아납니다. 왕국으로선 무한한 마물의 소재를 포기할 생각이 없었죠. 해서, 산맥은 사육장처럼 관리되기 시작했습니다. 일종의 마물 산업인 셈이죠."
"르젠 왕국이 사육장으로 만들었다고 했으니, 국가의 개입이 있었겠지. 지금은 체계가 더 확고해졌을 텐데, 우리가 그 틈을 파고들 수 있는 건가?"
"공허한 눈동자 외에 다른 선택지가 없습니다."
루인이 보석함 옆에 주먹만 한 원판을 올렸다.
"이건 보들레아가 만든 결계 마력 저해 장치입니다. 한 순간 결계에 구멍을 내고 안으로 투입시킬 수 있게 도와주죠."

“그걸 사용해서 당신과 내가 르젠 왕국 모르게 산맥 주인을 토벌한다?”

“그 일은 페르노크 님께서 혼자 하셔야 합니다.”

페르노크는 루인이 말한 ‘제안’이 무엇인지 깨닫고 헛웃음을 터트렸다.

“내가 마물의 산맥에서 정상의 주인을 죽이고 공허한 눈동자를 가져오면 당신이 나와 함께하겠다는 건가?”

“그렇습니다. 마도사는 가능성을 탐구하는 존재. 만약, 이 불가능에 가까운 일을 제 도움 없이 해결하신다면 저는 페르노크 님께 충성을 바치겠습니다.”

“거절한다면?”

“그럼에도 페르노크 님과 함께할 것입니다. 단, 페르노크 님이 안전하다고 생각될 때까지 제 곁에서 계속 수련을 해 주셔야겠지만요.”

“라이오닉 완성을 보고 싶지 않은 건가?”

“시간은 많습니다. 하지만 목숨은 하나뿐입니다. 그리고 전 다시는 소중한 것을 잃지 않기 위한 확신이 필요합니다.”

“…….”

“페르노크 님께 입은 은혜. 보들레아가 이루지 못한 꿈을 이뤄 주셨으니, 저 또한 페르노크 님의 꿈을 이뤄드리고 싶습니다. 하지만 말뿐인 목표는 허세에 지나지 않습니다.”

루인이 페르노크의 눈동자를 직시했다.

“2년 드리겠습니다. 성공한다면 저는 대가 없는 충성을 당신에게 바치겠습니다.”

그의 선의가 확고해진다.

“설령, 모든 국가를 적으로 둔다 하여도 말이지요.”

페르노크가 망설이지 않고 원판을 잡았다.

‘재밌군.’

이 성장 속도로 세상에 얼마나 통할지 알고 싶던 참이다.

그 대가로 루인이 따라와 준다면 이보다 남는 장사가 없다.

“한 가지 궁금한 게 있어.”

“말씀하십시오.”

“당시의 산맥 주인은 얼마나 강했지?”

“그 당시에도 주인은 마도사급이었습니다. 그로부터 수십 년이 흘렀으니 더 강해졌겠군요.”

“적어도 마도사급의 전력이 필요하단 뜻이군.”

“최소 S1 한 명은 필요하겠죠. 하지만 무엇보다 까다로운 건, 공허한 눈동자입니다.”

“따로 주의할 만한 특성이라도 있는 건가?”

루인이 고개를 끄덕였다.

“공허한 눈동자는 세상의 온갖 힘을 담아 두는 특별한 보석입니다.”

"눈동자라고 하지 않았나?"

"흡수된 힘이 회전하는 모양새가 꼭 눈동자를 닮았다고 해서 붙여진 이름입니다. 실제론 반투명한 보석이고, 놈의 이마에 박혀 있죠."

루인이 그 당시를 회상했다.

"공허한 눈동자는 참 특별했습니다. 마력과 더불어 무언가를 함께 끌어당겼죠. 그건 뭐랄까…… 마치, 페르노크 님이 경험했다는 것처럼 제 혼이 육체에서 뽑혀 빨려 들어가는 느낌이었습니다."

"혼이 빨려 들어간다?"

"그리고 놈은 결계 밖에 쓰러진 시체들을 조종했습니다."

그건 전형적인 혼백을 강제로 시체에 빙의시키는 작업이다.

'마물이든 뭐든, 그건 스스로의 힘으로 할 수 없어. 공허한 눈동자라는 것처럼 특별한 도구가 있어야 가능하지.'

영혼을 빨아들여 다시 시체에 빙의시키는 공허한 눈동자.

'영혼을 다시 회수할 수도 있다는 건데…….'

영혼은 반드시 명계로 올라가야 한다.

그 규칙을 깨 버릴 수 있는 방법은 하나뿐이다.

영혼을 뿌리고 회수할 수 있는 그릇이 있을 때.

'……공허한 눈동자가 마력과 영혼을 담아 두고 있다라…….'

아주 오랜 시간 동안 담겼다면 그 영력 또한 상당할 것이다.

"하하하하하하!"

페르노크가 희열 섞인 웃음을 터트렸다.

영혼이야말로 페르노크의 전문이다.

담겨 있는 것을 빼 오는 일쯤은 너무나 손쉬운 일이다.

"루인, 당신 말이야."

의아해하는 루인에게 페르노크가 씨익 웃었다.

"정말 내기에 소질이 없어."

2장. 마물의 산맥

마물의 산맥

공허한 눈동자를 가져오기로 결정한 순간부터 페르노크는 숨 가쁘게 움직였다.

창공의 눈물을 가공하여 코어를 만들고, 성의 기능과 연결했다.

라이오닉의 완성도가 90프로에 달할 무렵, 페르노크는 마지막 안전장치를 심었다.

"이제 공허한 눈동자만 여기에 심고 이 선끼리 연결하면 라이오닉이 완성돼."

"드디어……."

루인은 밝게 빛나는 코어를 바라보며 감회가 새로운 모습이다.

"내가 일러 준 절차대로 하면 공허한 눈동자를 혼자 심는 것도 문제없을 거야."

"산맥에 문제가 발생한다면 저를 부르십시오."

"그래서야 내기가 성립 안 되지. 걱정 마, 공허한 눈동자를 얻을 때까지 당신을 부르진 않을 테니까."

루인이 미소 지었다.

"마물의 산맥까지 편하게 모시도록 길잡이 하나를 불렀습니다."

"그때 봤던 용병?"

"아닙니다. 보들레아가 죽고 정처 없이 세상을 떠돌 때 만났습니다. 어린 나이에도 재능이 특출했었죠."

"계속 연락하며 지낸 사이는 아니었던가?"

"그 친구가 가끔 돈을 보내 주곤 했습니다. 지금껏 저는 답장을 하지 않았지만, 이번에 연락했더니 흔쾌히 승낙해 주더군요."

"상당히 높게 평가하는군."

"직접 보면 아실 겁니다."

내기를 받아 든 순간부터 페르노크에 대한 루인의 태도가 더욱 정중해졌다.

성공 여부에 상관없이 페르노크를 도와주겠다고 맹세했기에 길잡이도 좋은 조력자임이 틀림없다.

"2년 후에 날 따라 왕국으로 가게 될 거야. 단단히 준비하고 있어."

루인이 웃으며 페르노크를 배웅했다.

성을 감춰 놓은 장막을 지나치자 눈부신 빛이 반짝였다.

"혹시 페르노크 님 맞으십니까?"

그건 햇살이 아닌 사람이었다.

태양을 보지 못한 흰 살결에 잔가지처럼 비실거리는 몸.

더벅머리가 눈까지 내려와 지저분한 몰골이었으나, 언뜻 보이는 푸르스름한 눈동자가 시선을 잡아끄는 묘한 매력이 있다.

영락없는 거지 몰골.

그러나 영혼 구별로 파악한 그의 혼은 루인 못지않게 진한 여명색이었다.

'마법을 타고나지 않았다. 전사처럼 단련된 몸도 아니다. 한데, 이 재능의 찬란함은 대체 뭐지?'

명계에서 만난 여러 강자들과 결이 다른 재능의 부류라 페르노크가 사내에게서 시선을 떼지 못했다.

"그대가 길잡이인가?"

"리오라고 합니다. 루인 님께 말씀 많이 들었습니다. 모시게 되어 영광입니다."

딱딱한 말투에 정중함이 섞여 있는 게 뭔가를 많이 배워 온 모습이다.

페르노크가 흥미롭다는 표정으로 리오에게 물었다.

"재주가 많다고 들었다."

"루인 님께서 저를 과대평가해 주시는군요."

"잘하는 일이 길 안내뿐인가?"

"이런저런 일들을 할 줄 압니다."

"좀 더 구체적으로."

"들으시면 께름칙하실 겁니다."

"상관없다. 특기가 뭐지?"

이런 질문을 노골적으로 받은 게 처음이었다는 듯, 리오가 푸른 눈동자에 이채를 발하며 답했다.

"귀족들 자금을 좀 관리해 줬습니다."

"한데, 왜 길잡이나 하고 있는 거지?"

"막판에 일이 좀 틀어졌습니다."

"돈을 빼먹다가 들키기라도 했나?"

"저는 그런 좀스러운 짓은 안 합니다."

"그럼?"

"그 돈을 통째로 옮기려다가 사고가 터졌죠."

순간 귀를 의심했다.

"관리하던 자금을 아예 빼돌리려 했다고?"

"그 정도 판이 아니면 일을 키우지 않는 성미입니다."

"용케 살아 있군."

"루인 님 덕분이죠."

모든 이야기를 들은 페르노크가 리오를 평가했다.

"사기꾼이란 말인데……."

"제가 범죄자면 이곳에서 페르노크 님과 만나고 있겠습니까."

"……남들 속이는 솜씨가 제법인가 봐?"

“그것 또한 하나의 특기죠. 들키지 않으면 예술입니다.”

표정 하나 안 바꾸고 태연하게 말하는 모습이 신기했다.

“그 돈으로 루인을 지원해 주고 있나?”

“목숨값으로 다 드리고, 필요한 것이 있으면 챙겨드렸죠.”

어쩐지 성에 처박혀 살던 루인이 어디서 그 많은 재료를 공수해 오나 싶었는데, 이제 보니 리오가 자금책이었다.

‘판을 만들고, 들키지 않게 속인다. 무력만 뒷받침되면 더 큰 물에서 놀아도 손색없을 재능이야.’

어째서 루인이 리오를 소개해 줬는지 알 것 같았다.

‘관리자의 보물을 이놈에게 맡기면 어떤 결과가 벌어질까.’

리오를 살피는 페르노크의 눈동자가 반짝거렸다.

* * *

리오는 생각보다 재주가 많았다. 다양한 경험을 활용해 페르노크를 깔끔하게 대우했다.

특히 다양한 지식으로 페르노크의 귀를 즐겁게 만들었다.

“마물의 산맥도 가 본 적 있나?”

“몇 번 그곳의 마물 소재를 거래했었습니다.”

"산맥은 어떤 곳이지?"

"산맥을 어디까지 들으셨습니까?"

"마물을 관리하는 사업장."

리오가 고개를 끄덕였다.

"마물은 보통 한 번 토벌되면 깔끔하게 소멸합니다. 하지만 마기가 짙은 곳에서 잔재를 남기고 일정 시간마다 재생하게 되는데, 사람들은 이를 '포인트 구역'이라고 부릅니다. 세계에 총 5곳의 포인트가 있고 그중 하나가 마물의 산맥이지요."

"산맥 고도에 따라 마력 농도도 달라진다고 들었다."

"맞습니다. 고도가 높아질수록 마력 농도가 짙어져 마법사는 오히려 마력에 중독되기도 합니다. 문제는 높은 고도에 서식하는 마물들입니다. 마력이 짙다는 말은 마기 또한 고농도라는 말인데, 보통 그 정도의 마물은 기사단이 파견되어야 할 정도입니다."

"정상이 몇 미터라고 했지?"

"대략 1만 미터입니다."

"올라가다가 지치겠군."

"그래서 대부분은 중턱에 베이스캠프를 치고 마물을 사냥합니다. 소재 사냥이 어느 정도 마무리되면 다시 산맥 아래로 내려오는 식으로 체력을 분배하죠."

"산맥은 나라에서 관리한다고 하지 않았나?"

"정확히 말씀드리면 나라는 산맥을 벗어나려는 마물들

을 방비합니다. 대부분의 사냥은 용병들이 하죠. 산맥에 성이 있고, 용병들은 그곳에 머물며 마물 소재 가공 및 판매 대금의 일정분을 세금으로 냅니다."

"재주는 용병이 부리고, 알맹이는 성에서 회수한다?"

"예. 그래서 마물의 산맥은 총 3개의 집단이 균형을 이루고 있습니다."

"용병 협회와 성은 알겠다만 하나는 또 뭐지?"

"길드입니다."

"그건 처음 듣는군."

리오가 모닥불에 장작을 넣으며 말했다.

"10명 이상의 용병들이 만든 집단이 바로 길드입니다. 길드는 협회의 인정을 받아야 창설되지만, 간혹 통제를 벗어난 거대 길드가 출현하기도 합니다."

"거대 길드?"

"흔히 A급 길드라고 부릅니다. 전 세계에 총 10개가 있고, 마물의 산맥엔 무려 3개나 있지요."

"즉, 마물의 산맥은 협회와 A급 길드 그리고 성주의 이해관계가 얽힌 장소라는 거군?"

"균형이 팽팽하게 얽혀 있습니다. 정상을 노리신다면 단단히 준비하셔야 합니다."

"정상만 노리는데, 굳이 다른 세력까지 신경 써야 하나?"

"고도에 따라 마물의 편차와 마력 농도가 심하다고 말씀드렸습니다. 협회에서는 용병들의 욕심이 화를 불러일으키지 않도록, 고도에 따른 입산 허가서를 따로 내줍니다."

"등급제인가?"

"그렇습니다. 그리고 등급이 높은 용병일수록 A급 길드들의 관심을 끌게 됩니다."

"인재 영입이군."

"왜 마물의 산맥에 A급 길드가 단 3개만 있겠습니까. 그들이 모두 뛰어난 인재들을 흡수했기 때문입니다."

"소속을 거부하는 용병들도 있었겠지?"

"결과는 참혹했죠."

개인이 단체를 이길 수 없는 장소.

단체에 영입되어야 활개 치는 사냥터.

'루인의 과제가 상당히 까다로웠군.'

뛰어난 자를 영입하려는 길드와 그 이해관계까지 모두 헤쳐 나가야 높은 고도에 이른다.

더하여 마력 장악이 심한 고도에서 상위 마물들까지 죽이고 정상의 주인과 만나야 하니, 불가능에 가깝다는 말이 이해될 정도였다.

"개인으로 정상까지 올라간 사람은 없나?"

"불가능합니다. 이유는 방금 말씀드린 것과 같습니다."

뛰어난 용병을 포섭한다.

포섭에 실패한 용병은 자신들의 권위를 침범하는 자라고 판단해서 제재한다.

“실력 없는 놈은 혼자 다니고, 실력 좋은 놈은 대부분 길드 소속이겠군.”

“자유로운 용병이란 말은 평지에서나 가능합니다. 체계가 갖춰져 있고, 오랫동안 이해득실을 나누는 곳에선 자유의 상징이 도리어 억압으로 작용하죠. 뭐, 썩은 물이라는 겁니다.”

“고여 있는 상태라…….”

무언가를 곰곰이 생각하던 페르노크가 물었다.

“정상에 가기 위한 등급 조건은?”

“용병은 보통 흑, 금, 은, 동, 적, 청, 녹의 7가지로 부릅니다. 최소 은 이상은 되셔야 7천 미터까지 허가받을 겁니다.”

“A급 용병 길드장들의 등급은?”

“은입니다.”

“은급 레벨은?”

“6레벨입니다.”

“그 정도로 왕 노릇을 하고 있단 말이지…….”

페르노크가 피식 웃었다.

“그곳에 마법사들이 많나?”

“그럼요. 발에 치이는 게 마법사라는 말이 들릴 정도인 걸요. 다만, 잔챙이들이 많습니다. 대부분 마물 소재를 현지에서 싼 가격에 조달하려고 저레벨 마법사와 가드 용병들이 파티를 이루곤 합니다. 실상, 개인 중에 고레벨 마법사는 없다고 보시면 됩니다."

"그래. 그렇단 말이지."

의미심장한 미소에서 위험한 느낌을 받았지만, 리오는 묻지 않고 조용히 불을 피워 올렸다.

[저는 이제 세상에 나가려 합니다. 당신은 어떠신가요? 계속 숨어 지내실 겁니까?]

루인의 목소리가 머릿속에 메아리친다.

[페르노크 님이라면 당신이 가지고 싶어 하는 가장 소중한 것을 찾아 주실 겁니다. 함께 여행을 떠나며 지켜보시지요. 당신이 뜻을 맡겨도 될 분인지, 아닌지.]

리오가 장작을 집어넣었다.

활활 타오르는 불꽃이 지난날의 악몽을 떠올리게 만든다.

'일루미나 왕의 사생아. 루인 님이 기꺼이 목숨으로 후원하겠다고 약속해 준 차기 왕위 후보자.'

어디서나 볼 수 있는 평범한 청년이다.

지금까진 특별한 점을 찾지 못했다.

'무엇이 루인 님을 잡아끌었는가.'

잠든 페르노크의 얼굴을 바라보는 리오의 푸른 눈동자

가 수많은 상념을 담고 있었다.

* * *

사흘이 지나, 페르노크는 마침내 마물의 산맥에 도착했다.

리오의 말처럼 산맥 앞에 웅장한 성이 있었고, 멀리서도 수많은 마력들이 감지된다.

언제 터질지 모르는 폭약을 끌어안았음에도 일반 병사들은 긴장하는 기색 하나 없다.

우수한 용병들이 거리를 활보하고 있었기 때문이다.

'군사를 지속적으로 소모해 가면서 마물들을 토벌하는 것보다, 이를 활용한 상업으로 국력을 높이겠다는 심산이군. 각지의 실력 있는 용병들도 모여드는데, 협회와 길드가 이를 중재하고 있으니 치안도 다른 성들보다 좋다.'

확실히 이곳은 다른 성들과 분위기부터 달랐다.

용병들의 편의를 봐주기 위한 각종 시설들이 즐비했으며, 무장한 용병들이 자유롭게 거리를 활보하고 있었다.

"저게 결계석입니다."

리오의 말을 따라 페르노크가 중앙으로 시선을 돌렸다.

병사들과 용병들이 삼엄한 경계를 세우는 곳.

산맥에서 마물들이 넘쳐 나오지 않도록 막아 주는 중심 결계석이 빛을 발하고 있었다.

"저 결계석을 중심으로 산맥 곳곳에 일정한 간격을 두

고 자리 잡은 결계석들이 하위 마물을 차단해 줍니다."

"고위 마물은?"

"강제 돌파할 경우 결계석이 깨지며 바로 성에 신호가 전달됩니다. 성은 본국에서 지원이 올 때까지 방어 태세에 돌입하며, 모든 용병들이 힘을 합쳐야 하죠."

르젠 왕국이 이곳을 얼마나 주요 수입원으로 생각하는지 엿보인다.

페르노크는 연금술로 생각하기 힘든 발상들을 머릿속에 새기며 큰 건물 앞에 섰다.

"용병 등록을 마치고 오지."

"여기서 기다리겠습니다."

페르노크가 용병 협회 아스탈 지부에 들어서는 순간 모든 시선이 페르노크에게 꽂혔다.

'마력량이 상당한데?'

'못 보던 얼굴이다.'

'신입 마법사인가?'

아스탈 지부에 상주하는 용병들은 길드에 소속되지 않거나, 길드에 소속될 인재를 먼저 물색하는 스카우터들이다.

새로운 마력이 나타나면 자연스레 시선이 미치기 마련이다.

페르노크는 투기장에서처럼 마력을 몸과 뱃속에 나눠 저장한 덕분에 그들의 눈을 속이기 쉬웠다.

하지만 눈앞의 노신사는 호락호락할 것 같지 않았다.

'마력이 나보다 월등해.'

접수처에서 은테 안경을 쓸어 올린 노신사를 영혼 구별로 살폈다.

재능의 빛은 평범했지만, 몸속 마력이 심상치 않았다.

'6레벨 정도겠군.'

이곳의 A급 길드장들이 6레벨이다.

그에 준하는 노신사가 어쩌면 협회에서 높은 자리를 꿰찬 사람일지도 모른다고 생각했다.

아니나 다를까.

스카우터들의 눈이 심상치 않다.

"저분이 직접 나서신다고?"

"저레벨 마법사처럼 보이는데, 특별한 게 있는 건가."

"길드장급 아니면 상대도 안 해 주는 분이잖아."

노신사와 마주한 것만으로 협회가 술렁인다.

산맥에 익숙해지기 전까지 주목받는 건 곤란하다.

페르노크가 마력 분할에 신경 쓰니, 노신사가 그 몸을 빠르게 훑고는 웃으며 물었다.

"무슨 일로 오셨습니까?"

* * *

루인과 마력 감추는 연습을 철저히 한 덕분일까.

노신사는 페르노크를 정확히 꿰뚫어 보지 못한 듯했다.

"음? 아닌가?"

"말이 좀 다른데……."

특별한 자를 상대할 때 나오는 말이 있는 것 같았다.

하지만 페르노크는 마력 분할에서 긴장을 늦추지 않았다.

노신사의 미소 속에 상대방을 계속 탐색하는 까다로움이 숨겨져 있었다.

'이곳에 영향력을 끼칠 정도가 될 때까진 실력을 감춰야 한다.'

여러 이해관계가 얽힌 곳이다.

어느 한 곳이라도 충돌했다간 정상까지 도달한다는 계획에 차질이 발생할 수도 있다.

페르노크는 지금보다 수준을 한 단계 더 높이기 전까지는 조용히 산맥에서 밑 작업만 할 생각이었다.

"용병 등록을 하고 싶어서 왔다."

"마법사이신 듯한데 어느 계열이시죠?"

"육체 강화 계열이지."

"실례지만 마법 협회에서 발행한 자격증을 보여 주시겠습니까?"

"마법 협회는 이용해 본 적이 없군."

"그럼 간단한 체크만 하겠습니다."

노신사가 투명한 수정구를 올렸다.

"이곳에 손바닥을 얹고 마력을 흘려보내 주십시오."

노신사의 말대로 마력을 수정구에 집어넣자, 푸른빛이 단단하게 뭉쳤다.

"마력량이 4레벨……."

무언가 의아한 듯 말을 흐리던 노신사가 이내 표정을 바로잡았다.

"……강화계도 확인했습니다. 귀한 분이 오셨군요. 정말 용병은 처음이십니까?"

"같은 말 두 번 하는 재주는 없어."

"실례했습니다. 신분패를 주시겠습니까?"

마지막 절차까지 끝낸 노신사가 서랍에서 얇은 적색 금속판을 꺼냈다.

금속판에 페르노크의 이름을 찍고 테이블에 올렸다.

"페르노크 님은 적급입니다."

"4레벨 마법사가 고작 적급이라고?"

"적급까진 마법 레벨로 올려 드릴 수 있지만, 그 이상은 실적을 채워 주셔야 합니다."

"실적?"

"고위 랭크 길드의 추천 혹은 고위 마물들을 토벌하거나 협회 기여도를 높여 주셔야 하죠."

노신사가 한쪽 벽을 가리켰다.

"보통 저곳에 있는 협회 퀘스트를 수행합니다. 혹 실력을 인정받으셨다면 여러 의뢰가 들어오기도 하죠. 그

것들을 차곡차곡 쌓아 올리시면 저희가 새로운 등급패를 드립니다."

등급이란 실력뿐만 아니라 신뢰까지 동반되어야 한다는 뜻이었다.

"적급이면 어디까지 들어갈 수 있지?"

"고도 2500미터입니다."

"조만간 다시 찾아오겠다."

"기다리고 있겠습니다. 저는 라무트라고 합니다. 이곳에서 바람 신의 가호가 페르노크 님과 함께하기를 기도하겠습니다."

페르노크는 적급 의뢰지 6개를 뽑아 밖으로 나왔다.

리오가 페르노크의 적급 패를 힐긋 살피며 물었다.

"동급까진 어렵던가요?"

"실적이 필요하다고 하니, 이제 채워야지."

"바로 입산하시는 겁니까?"

"뜨거운 시선들이 느껴져서 말이야."

페르노크가 가리키지 않아도 여러 사람들의 시선이 모이는 것을 리오도 느낄 수 있었다.

"꽤 주목받으시네요. 분명, 실력을 감춘다고 들었는데 말이죠."

"묘한 놈과 만났어. 라무트라고 하더군."

"라무트? 아, 방랑 신사 말입니까."

"알고 있나?"

"아스탈 지부에서 A급 길드들와 중재하는 실력자죠. 젊었을 적에 금급 용병이 됐을지도 모른다고 들었습니다. 아스탈 지부의 실세라고 불립니다."

"어쩐지 다른 잔챙이들보다 날카롭더군. 다행히 들키진 않았지만, 괜한 것들이 꼬이게 만들었어."

느닷없이 나타난 신입 용병 4레벨 마법사.

소속이 없는 그에게 이목이 집중되는 건 당연한 일이다.

"언제 떠날 거지?"

"오랜만에 찾아왔으니, 당분간은 이곳에 머물려고 합니다."

"그럼 일주일 정도만 기다려 줄 수 있나?"

"상관없습니다. 그런데 따로 시키실 일이 있으십니까?"

"같이해 보면 좋은 일이 있을 것 같아서 말이야."

"……?"

"이곳은 사람을 키우기 참 좋은 장소라고 생각되지 않나."

"예?"

고개를 갸웃거리는 리오에게 페르노크가 피식 웃으며 손을 내밀었다.

"얘기는 차후에 천천히 나누고, 도구는?"

"여기 있습니다."

리오가 큰 가방에 마물 소재를 해체할 도구와 마른 식량을 넣어 페르노크에게 건넸다.

"일주일 후에 저 주점에서 기다리고 있어."

페르노크는 가방을 메고 산맥에 들어갔다.

* * *

루인이 2년 안에 공허한 눈동자를 가져오지 못할 거라고 했던 이유.

그건 이곳에 얽힌 복잡한 세력 관계 때문만은 아니었다.

'산맥을 오를수록 마력 농도가 짙어진다. 마력강체술을 끌어 올리는 시간이 조금씩 지연되기 시작해.'

산맥 자체의 본질.

정상에서 힘을 발휘하려면 고위 마법사급의 마력 장악 능력이 필요하다.

게다가 정상을 향할수록 숨도 가빠지니 극한의 정신력과 체력을 요구한다.

이 모든 조건이 밸런스를 맞추려면 최소 7레벨에 이르러야 한다.

2년 안에 7레벨이 되어라.

루인의 조건은 단순 명쾌했지만, 남들이 들었다면 경악하고 말았을 것이다.

마법이 숫자처럼 단시간에 오를 재능이라면 이 세상은 온통 고레벨 마법사들 천지였을 테니까.

하지만 페르노크는 이 극단적인 조건이 자신에게 잘 맞을지도 모른다고 판단했다.

유적에서 마물을 만나고 난 뒤부터 줄곧 가져왔던 의문 때문이었다.

'마기에 침식된 마물의 영력은 오히려 저레벨 마법사들보다 짙지 않을까?'

정제하지 않은 영혼은 그 자체로 영력을 깎아 내는 독이 된다.

하지만 유적에서처럼 오염된 영혼을 정화해서 삼킨다면 어떻게 될까.

그 대상이 하급 마물이어도 동화율 상승에 도움을 줄까.

마물의 산맥행을 결심한 순간부터 계획한 첫 단추를 끼워 맞추러 올라갔다.

'살이 따갑군.'

100미터가량 올라갔을 뿐인데, 몸이 점점 무거워진다.

확실히 고도가 높아질수록 마력의 농도가 짙어진다.

이곳에서 마력을 잘못 끌어 올렸다간 산의 마력에 침습당해 마법 발동이 저하되는 중독 현상이 발생한다.

바로 저들처럼.

"헉, 헉, 헉!"

"마법사를 내려보내!"

"이런 씨발! 주저앉으면 어쩌자는 거야!"

"젠장! 강한 거 퍼부어 봐! 이대론 뚫려!"

저 레벨 마법사들은 안색이 창백하여 제대로 된 마법도 발동하지 못했다.

널브러진 마법사들을 챙기는 건 온전히 가드들의 몫이다.

루인과의 수행이 아니었다면 페르노크도 저들처럼 초입부터 마력강체술이 흐트러졌을 것이다.

'이 지점부터 3레벨 이상만 마법 발동이 원활해지겠어.'

저 레벨 마법사들이 왜 일반 가드들과 파티를 맺고 산행하는지 알 것 같았다.

"하산한다!"

가드들이 씹어뱉듯 소리치자 곳곳에서 마물들이 요동쳤다.

상처 입은 자들을 추격해서 포식하려는 듯 마물의 움직임이 단순해졌다.

점점이 박혀 있던 마물들이 도망치는 인간들을 뒤쫓자 틈이 열렸다.

페르노크는 충돌 없이 그곳으로 산을 올랐다.

"후우우."

어느새 고도 1000미터였다.

경사가 가파르고 숨은 턱 밑까지 차오른다.

크게 기울어진 지면을 박차려고 마력을 사용하니 추가

달린 것처럼 무거워졌다.

콰득!

급속도로 기울어지는 구간에서 무언가 짓밟혔다.

페르노크가 발로 흙을 치워 보니 사람의 뼛조각이었다.

곳곳에 수많은 유해가 널려 있었다.

"이쯤인가."

사람들이 많이 죽어 나갈 정도로 영악한 마물이 이곳에 살고 있다.

페르노크가 가방을 내려놓았다.

그리고 비쩍 마른 나무에 등을 기대며 살냄새가 바람을 타고 흐르게 하였다.

마력도 감추고 혼자 있는 어설픈 모습을 계속 노출시켰다.

가드 없는 마법사.

군침이 돌 만한 먹이 아니겠는가.

스스슷.

페르노크가 왼편 수풀 쪽으로 고개를 돌렸다.

그늘진 곳에 무언가가 숨죽이고 있다.

영혼구별로 살필 필요도 없다.

어둠처럼 새까만 녀석이 수풀 속에서 눈을 번뜩이고 있었으니까.

살이 통통한 녀석은 이 구역의 포식자가 틀림없다.

“꽤 처먹었군.”

페르노크가 아티펙트를 글러브로 변환한 순간.

“카아아앙!”

거대한 그림자가 수풀에서 빠르게 뛰쳐나왔다.

쉐도우 울프라는 마물이었다.

한데, 마물 도감에 실린 것보다 훨씬 몸집이 컸고 발톱의 예리함이 강철검 이상이다.

쾅!

앞발이 내리꽂힌 자리가 갈라졌다.

단순한 풍압에 몸이 흔들렸다.

스치기만 해도 뼈가 으스러질 위력이다.

‘사람을 상대하는 게 익숙해 보이는군.’

몸집이 큰 만큼 둔해야 정상이건만 쉐도우 울프는 3레벨 마법사의 가속 마법만큼이나 빨랐다.

그러면서 발톱은 페르노크가 허점을 드러내야만 휘둘렀고, 눈속임을 하려는지 수풀과 나무를 타고 이동하며 자꾸만 변칙적인 동작을 섞었다.

투기장의 간수장이 아이처럼 보일 정도의 몸놀림이었다.

“크아앙!”

페르노크가 계속 피하자 약 오른 녀석의 방식이 한층 독해진다.

‘동료를 부르고 있나.’

궁지에 빠진 인간이 가장 안달 날 법한 상황을 조장하는 녀석의 영악함은 보통이 아니다.

페르노크는 마력강체술에 강화 마법을 덧씌우려 했다.

'마력 중독?'

생각한 마법이 '발현'되지 않았다.

'그럴 리가. 이 정도 마력 농도로는 날 간섭하지 못할 텐데?'

마법만 발동하려고 하면 마력이 흩어져 간다.

고도 1500미터에서 마력 중독 현상을 겪을 리 없다.

후웅!

쉐도우 울프의 앞발이 턱 끝을 스쳐 지나갈 때 페르노크가 깨달았다.

'저 발바닥이 내 마력을 훑어 내리고 있다. 하지만 쉐도우 울프에게 마력 발동을 저해시키는 독특한 힘이 있었나?'

앞발을 휘두를 때마다 모았던 마력이 흩어진다는 건 도감에서 찾아보지 못한 특징이다.

'마물 중에도 변종이 있다고 했었지.'

저 개체는 제법 특별하다.

'특별한 놈일수록 영력의 양과 질이 남다를 거야.'

페르노크가 마력강체술을 끌어 올리며 정면에서 쉐도우 울프와 맞부딪쳤다.

콰득!

쉐도우 울프의 앞발을 가볍게 피하고 콧등에 주먹을 꽂아 넣었다.

낑낑거리며 물러난 쉐도우 울프가 당황한 듯 눈을 크게 떴다.

'지속적인 마력 장악엔 축적 강화 방식이 유리하다.'

자연 계열 마법이 외부에 형태를 만드는 '원리 부여'라고 한다면, 마력강체술은 마력을 신체에 바로 저장시키는 '축적 강화'의 방식이다.

쉐도우 울프는 축적 강화 방식과 처음 상대해 보는 듯했다.

대부분의 원리 부여 마법사만 상대한 듯 몸놀림이 거침없고 조잡했다.

상대가 마법을 발동하기 전에 잡아먹으면 된다고 판단해서 모습을 쉽게 드러냈지만 명백한 실수다.

녀석에겐 마법 발동을 저해시켜 발톱과 송곳니로 잡아먹는다는 것 외엔 선택지가 없었다.

"캬앙……!"

아가리를 열고 울부짖는 목울대에 바로 글러브를 꽂아 넣었다.

쉐도우 울프가 몸을 둥글게 말며 옆으로 폴짝 뛰었다.

그러나 그것도 잠시.

동료를 부르지 못하게 막자, 녀석이 표독스러운 발톱으로 저항했다.

마력강체술의 마력을 흐트러뜨리려는 속셈이었지만 어림도 없다.

이미 몸에 스며든 마력은 피처럼 순환하여 하나가 되어 있다.

그 순간 페르노크의 전투 방식은 단순해진다.

고민할 필요 없이 주먹을 휘두르고 발로 짓밟는다.

일방적인 힘 싸움.

모든 역경에 몸 하나만을 믿고 돌파하는 불굴의 힘.

기술 따윈 필요하지 않은 순수한 폭력에 전투 기술까지 섞였다.

콰드득!

손끝을 세워 질긴 가죽을 두드리고, 내부에 타격을 흘려 내장부터 파괴시킨다.

쾅!

녀석의 복부가 팽창하여 터졌다.

피와 살냄새가 퍼지기 시작할 때, 새까만 영혼이 함께 치솟았다.

유적에서 본 모습과 흡사하다.

페르노크가 자신의 영력을 새까만 혼에 흘려보냈다.

물에 흙 씻겨 내듯이 어루만지자 새까만 균열이 확산되었다.

이윽고 타락한 찌꺼기가 사라지며 순백의 휘광이 번쩍였다.

'됐다!'

페르노크가 영력을 흡수하며 미소 지었다.

"유적의 마물이 특별한 케이스가 아니었어. 이곳의 마물들은 모두 내 영력으로 간섭해서 정화할 수 있다. 그렇다면……."

마물은 일정 시간마다 생성되고, 혼은 정제하여 힘으로 전환시킬 수 있다.

비록 영력은 정화 과정에서 깎여나가 그 양이 물방울처럼 미약하지만, 무한히 생성되는 놈들을 죽이다 보면 결국 방대한 호수를 이루게 된다.

"크르릉!"

쉐도우 울프의 내장과 피 냄새를 맡고 마물들이 몰려들기 시작했다.

어느새 사방이 마물들로 포위되었지만 페르노크의 미소는 짙어졌다.

단시간에 성장할 먹잇감들이 사방에 널려 있었다.

* * *

페르노크는 일주일 만에 산맥에서 내려왔다.

흙과 땀이 범벅이었고 마물의 피가 옷에 달라붙어 새까맣게 보일 정도였지만, 입가엔 환한 미소가 맺혀 있었다.

'적은 양이지만 분명 동화율이 오른다.'

하급 마물도 동화율 상승에 기여한다.

중급, 상급 마물은 얼마나 많은 동화율 상승이 이루어질까.

'이 상태로 계속 동화율이 오른다면 머지않아 영법의 공격술도 사용하겠군.'

영격술을 펼치게 된다면 마법 잔량도 걱정할 필요가 없다.

페르노크가 가벼운 기분으로 협회에 들어갔다.

라무트 앞에 마물 소재를 떨어뜨리자 용병들의 눈이 휘둥그레졌다.

"저거 쉐도우 울프의 송곳니?"

"블랙 스네이크의 눈알도 있어."

"아울 베어의 가죽도?"

"설마, 저거 혼자 잡은 거야?"

고도 1000미터 이상에 서식하여 파티 단위가 아니라면 잡기 위험한 마물들의 소재가 가득했다.

혼자 그것을 처리한 페르노크에게 많은 용병들의 시선이 집중됐다.

"퀘스트 끝이다."

라무트는 잠시 말문이 막힌 듯했으나 이내 정신을 바로잡고 적급 퀘스트를 살폈다.

"확실하군요. 6개 모두 완료되었습니다."

"동급에 오르려면 실적이 얼마나 더 필요하지?"

"적급 퀘스트 50개 혹은 그 이상의 의뢰 10개를 해결해 주시면 됩니다."

"나보다 한 등급 높은 퀘스트도 선택할 수 있나?"

"협회에서 보증하는 예외적인 경우일 때 가능합니다."

"그럼, 지금 당장 가능한 퀘스트를 줘."

라무트가 페르노크에게 웃으며 손을 내밀었다.

"플레이트를 주십시오."

페르노크가 적급 플레이트를 건네자, 라무트가 왼쪽 상단에 자신의 첫 네임 R을 찍어 줬다.

"몇 가지 적급 퀘스트를 더 드리겠습니다. 그것까지 끝내면 이 플레이트를 퀘스트 의뢰 창구에 보여 주십시오. 동급 의뢰가 허락될 겁니다."

페르노크가 고개를 끄덕이자 라무트는 퀘스트 완료 보상과 새로운 적급 퀘스트를 페르노크에게 건넸다.

"기한은 두 달입니다. 되도록 상처 없이 소재를 가져와 달라는 요청이 있었습니다."

"고려해 두지."

"그런데 혼자 이걸 다 한 겁니까?"

라무트가 접수처에 쌓인 마물 소재를 가리키며 웃으니, 페르노크가 태연하게 대꾸했다.

"문제 있나?"

"하하, 아닙니다. 이번 퀘스트부터는 고도 2000미터 이상입니다. 아무리 4레벨 마법사라도 가드와 함께 가야 위험이 줄어들 겁니다. 협회에서 소개시켜 드릴까요?"

"소속 제안은 아니겠지?"

"선의에서 드리는 제안입니다. 하지만 페르노크 님께서 협회 소속으로 활동해 주신다면 더 한 편의를 제공해 드릴 용의가 있습니다."

웃음 속에 감춰진 날카로움을 발견한 페르노크가 주위 반응을 살피곤 피식 웃었다.

"생각해 두지. 일단 혼자 해 보고 안 되면 다시 찾아오겠다."

"기다리고 있겠습니다, 페르노크 님."

정중하게 인사하는 라무트를 뒤로하고, 페르노크가 가방을 챙겨 밖으로 나왔다.

리오와 약속한 주점으로 가는 길에 갈색 머리에 염소수염을 기른 중년인이 옆에 달라붙었다.

"저 깐깐한 노인네가 아주 끔뻑 죽던걸?"

중년인은 협회를 나서자마자 노골적으로 따라붙었다.

"4레벨 마법사, 그것도 육체 강화 계열에 일주일 동안 혼자서 산맥에 머무는 실력은 흔치 않지. 협회에서 좋은 제안을 주진 않았나?"

페르노크가 물끄러미 바라보자 중년인이 씨익 웃으며 손을 내밀었다.

"하지만 우리 샤사크는 더 좋은 제안을 줄 거라고 약속하지. 반갑네, 나는 샤사크의 부길드장 허만이라고 하네."

마물의 산맥을 지배하는 A급 길드 3곳 중의 하나.

플랑.

그곳은 다른 A급 길드보다 산하 길드가 많고, 그중에서 샤사크는 B급으로 플랑의 오른팔 같은 길드였다.

'인재 영입 방식이 유독 거칠다고 했었지.'

강한 용병이 모두 길드에 소속되는 이유가 다짜고짜 영입하려는 세력들이 있기 때문이다.

그중에서 샤사크는 유독 거칠었다.

무려, 이곳을 주름잡는 3대 A급 길드 중 하나, 플랑의 산하 길드였으니까.

'다른 용병들이 눈치만 살피는군.'

페르노크가 협회를 나온 순간부터 따라붙던 눈동자들이 하나둘 떠나기 시작했다.

샤사크가 접촉한 이상 페르노크에게 눈독 들이지 못한다고 판단한 듯했다.

이곳에서 샤사크와 이를 휘하에 두고 있는 플랑의 위상이 어느 정도인지 알 수 있었다.

"그래서?"

페르노크에게 별 위협은 되지 못했지만 말이다.

"아, 용병 일을 이곳에서 처음 시작했다고 했지? 길드에 무관심한 것도 이해는 하네. 그래서 내가 친절하게 설명해 주고 자네의 용병 생활이 순탄해지도록 도움을 줄 수 있을지 모르는데, 잠깐 저곳에서 술이라도 한잔하는 게 어떤가?"

허만이 웃으며 내민 손을 가볍게 흔들었다.

악수라도 나눠 보려 했지만, 페르노크는 무관심했다.

"선약이 있어서 다음 기회로 미루지."

"내일은 어떤가?"

"2년 치 약속이 잡혀 있어."

손을 거둔 허만의 입은 웃고 있지만, 눈은 싸늘했다.

"선배의 친절을 너무 삭막하게 거절하는군."

"느닷없이 앞을 가로막은 쪽에서 할 얘기는 아닌 것 같은데."

페르노크가 허만을 지나쳤다.

"샤사크는 다른 곳보다 일 처리가 빠르다. 그 정도는 기억해 두지."

"너무 튕기진 마. 함부로 떠들다가 혓바닥 베이는 곳이 바로 마물의 산맥이라고!"

페르노크가 어깨만 으쓱이곤 다시 걸음을 재촉했다.

* * *

주점 구석 은밀한 곳에서 리오가 맥주를 마시고 있었다.

페르노크가 맞은편에 앉자, 리오가 흥미로운 시선을 보냈다.

"페르노크 님께 벌써 별명이 붙었더군요."

"별명?"

"강하거나 특이한 용병들에게 붙여지는 상징 같은 겁니다."

"뭐라고 부르던가."

"야수. 피를 뒤집어쓰면서 마물을 씹어 먹는 짐승 같은 사람이라고 칭송이 자자하던걸요."

"그래서 날파리들이 달라붙었군."

"영입 제안을 받으셨습니까?"

"샤사크."

"역시 앞뒤 안 가리고 머리부터 들이미는 게 놈들답네요."

페르노크가 맥주를 받아 마시며 태연하게 물었다.

"끈질긴가?"

"부모 길드인 플랑이 인재 영입을 마음껏 하라고 풀어 버린 바람에 샤사크는 더욱 날뛰고 있습니다. 그놈들은 정상적인 절차를 모릅니다. 마음에 들면 가지고, 아니면 부숴 버리고. 극단적인데 악착스러워요."

"다른 A급 길드들도 산하 길드가 있지 않나?"

"그들은 눈치라도 봅니다. 하지만 샤사크는 멋대로 날뛰죠."

"분위기에 취해서 움직이는 꼴이 딱 애송이 같더군."

리오가 무덤덤한 페르노크를 물끄러미 바라보며 물었다.

"계획이 틀어지신 겁니까?"

"응?"

"언젠가는 부딪히려고 했지만, 지금은 타이밍이 아니었잖아요. 협회에서 주목받은 뒤부터 노선을 살짝 트신 것 같은데 아닌가요?"

"내가 뭘 하려는지 얘기한 적 있었나?"

"아뇨. 하지만 짐작은 됩니다."

페르노크가 맥주잔을 내려놓았다.

"실력을 감추시려는 분이 갑자기 용병이 제일 많이 활보하는 시간에 협회에서 자신의 사냥감을 자랑했다. 단순히 사정을 몰라서 어수룩하게 행동하거나 우월감을 표출하려는 건 아니겠죠."

"내가 득 될 게 하나 없는데 남들 이목이나 끌려 했다고?"

"명분이 생기지 않습니까."

"명분?"

"샤사크 같은 덩치 큰 애송이들이 페르노크님께 접촉하기를 기다리신 거죠. 그래야 놈들이 귀찮게 따라붙을 테고, 계속 거절을 반복하다가, 도를 넘는 순간이 찾아오면 페르노크 님께서 정리하시는 겁니다. 이미지도 챙기고 실리도 얻고 이곳에 둥지를 트는 삼박자를 갖추는 셈이죠."

"흐음."

"이곳엔 마법사들이 많습니다. 페르노크 님께서 그중에 질 좋은 놈들을 골라 새로운 세력을 키울 생각 아니신

지요."

페르노크와 리오의 눈이 마주쳤다.

확신에 가득 찬 리오를 보고 페르노크는 피식 웃었다.

"루인이 추천해 준 이유가 있군."

리오의 말처럼 페르노크는 단순히 정상 정복만을 위해 이곳에 오래 머물기로 한 게 아니다.

수많은 실력자들이 거치는 장소.

강대한 세력을 만들기엔 이만한 토양이 없다.

처음엔 실력을 숨기면서 이곳 사정부터 파악할 생각이었지만, 라무트의 관심을 받은 뒤엔 오히려 그걸 이용해 명분을 쌓으려 했다.

새싹 밟기라는 이름의 거대 길드의 횡포가 들어오기를 기다렸다.

샤사크가 제일 먼저 걸려들었고 이젠 불어 닥칠 흉풍만 대비하면 된다.

자신을 4레벨로 아는 자들에게 5레벨 이상의 역량을 보여 준다면 손쉽게 계획대로 움직이리라 판단했다.

그리고 이걸 리오가 꿰뚫어 보았다.

'역시.'

리오도 뭔가를 자신에게 원하고 있으니 숨겨 놓은 발톱을 드러내기 시작한 것이다.

"루인 님이 저를 뭐라 하시던가요?"

"쓸 만하면 종자로 데려가라 했었지."

"제 의사와 전혀 무관한 얘기군요."

"이제 와서 빼지 말자고. 너도 내게 뭔가 바라는 것이 있으니, 여기서 얌전히 기다려 준 게 아닌가?"

페르노크가 맥주로 입을 축이며 덤덤히 말을 이었다.

"좀 더 솔직해져 볼까. 나에 대해서 얼마나 알고 있어?"

"전도유망한 마법사란 말만 들었습니다."

"난 일루미나 왕의 사생아고, 루인과 함께 왕위 쟁탈전에 뛰어들 예정이다. 내가 2년 안에 산맥을 정복하면 바로 왕국으로 갈 수 있지만, 실패하면 오랫동안 붙잡혀 수련해야 하는 신세지."

"성공 여부와 상관없이 루인 님이 함께하신다는 겁니까."

"그래. 하지만 루인 하나만 믿고 가기엔 너무 많은 것이 부족해. 특히 인재. 나는 즉시 사용할 수 있는 전력이 필요해."

리오가 고개를 끄덕였다.

"확실히 고도 3000미터 이상 올라가는 용병들만 해도 다들 잔뼈가 굵죠. 굳이 마법사가 아니더라도 노련한 자들로 세력을 구성하면 아주 튼튼한 토대를 만들 겁니다."

"인재를 선별하기 아주 좋은 장소지."

"그런 의미에서 첫 발판으로 샤사크는 나쁘지 않습니다."

가진 자는 빛나는 자를 시기하고 질투한다.

혹은 이용하고 내버리거나 회유해서 실패하는 순간 죽여 버린다.

그것이 가진 자들의 삶이고, 용병은 이 정신이 훨씬 지독하다.

그들의 사냥터는 한정되어 있으며 자리는 포화 상태다.

다른 놈들이 끼어들지 못하도록 막으려면 훌륭한 인재를 포섭해서 사용해야 한다.

길드의 이치는 아주 단순했다.

'페르노크는 이 모든 것들을 알고 준비했다.'

어떤 방식이든 페르노크는 이곳에서 주목받을 사람이다.

그럼에도 그는 계속해서 자신을 부각시킬 것이다.

샤사크처럼 그를 회유하려는 길드들을 이용하기 위해서.

'샤사크는 페르노크를 다시 회유하려 사냥터에서 무슨 짓을 저지르겠지. 그리고 페르노크가 이 모든 걸 뒤엎을 만한 힘이 있다면?'

샤사크를 치면 플랑이 움직인다.

플랑과 싸우면 다른 A급 길드가 주목한다.

이 과정이 꼬리를 물듯 반복하다 보면 어느새 전쟁이 시작된다.

'전쟁에서 승리할 자신이 있나.'

페르노크는 이미 수를 던졌다.

혼자서 걸어가기엔 무모해 보였지만, 이상하게 흥미가 동한다.

'성공하면 페르노크는 산맥의 지배자가 될 수 있다.'

리오가 입맛을 다셨다.

"팽팽한 균형이 깨지는 순간 쌓였던 욕망들은 모두 터져 나올 겁니다."

"오랫동안 돌려 먹었으면 이제 베풀 줄도 알아야지. 실력 없는 놈은 도태되어야 한다. 그것이 용병의 룰 아니었던가."

"그건 페르노크 님께서 루인 님의 설명보다 더 강해야 한다는 전제 조건이 필수입니다."

"확인해 봐."

"그럼 저는 관람료를 어떻게 드려야 할까요?"

페르노크가 리오의 빈 잔을 채우며 답했다.

"나도 루인이 왜 너를 추천했는지 궁금해졌다. 한번 납득시켜 보겠나?"

"제가 무엇을 도와드릴까요?"

"내가 짜 놓은 판에서 뭘 해야 할지는 네가 스스로 찾아야지. 자기 일도 못 찾는 얼간이를 내가 거둬야 할 이유가 있어?"

리오가 은은한 미소를 머금었다.

"좋습니다. 마침 떠오르는 게 있으니 저도 준비하죠."

"각자 원하는 건, 일이 마무리된 이후에 얘기하도록 하지."

리오가 고개를 끄덕였다.

"페르노크 님께선 이 일을 끝마치는 데 얼마나 걸린다고 생각하십니까?"

"일 년."

"못 끝내면 얘기는 없던 일로 합니까?"

"그렇게 하지."

"바쁘게 움직여야겠군요."

"기대하마."

페르노크가 맥주잔을 앞으로 내밀었다. 리오가 묵묵히 잔을 부딪혔다.

두 사람은 단숨에 맥주를 비우고 자리에서 일어났다.

계약은 체결됐고, 갈 길이 바쁘다. 각자 돌아서 분주하게 움직이기 시작했다.

* * *

페르노크는 다시 산맥으로 들어갈 준비를 마쳤다.

입구로 걸어가는 길에 불쾌한 시선들이 느껴졌다.

'나름 영리한 놈들이다.'

페르노크를 길드에 권유하거나 실패해서 압박하려는 무리들.

그들의 수순은 지극히 당연해서 예측하기 쉽다.

'새싹 밟기. 한번 시작하면 끝을 볼 때까지 안 멈춘다고 했었지.'

페르노크 이전에 뛰어나다고 평가받던 인재들은 모두 이 과정을 통해 길드에 소속되었다.

이 힘의 논리가 계속 쌓여 A급 길드들은 굳건한 세력을 유지할 수 있었다.

페르노크는 이 단순한 체제에 큰 돌을 던져 버릴 생각이었다.

'네놈들은 내 밑에 있을 가치가 충분할까.'

페르노크가 피식 웃으며 어두운 산맥으로 들어갔다.

본격적인 인재 영입의 시작이었다.

3장. 전쟁

전쟁

고도 2100미터.

마력 농도가 짙은 장소에 동물의 피를 뿌리자, 비릿한 향이 바람을 타고 수풀 속에 스며들었다.

어둠 속에서 적색 빛이 일렁였다.

'C급 마물 루비아이.'

루비처럼 일렁이는 아름다운 눈동자는 다양한 소재로 활용된다.

몸이 가늘어 원거리 공격을 손쉽게 피하고, 3레벨 마법사의 포박도 손쉽게 빠져나간다.

마력 저항력이 우수하며 항상 집단으로 활동하기에 위험하다.

'저 눈동자를 가져오라고 했었지.'

사방에서 적색 눈동자가 불을 켰다.

루비아이 20마리가 삽시간에 페르노크를 포위했다.

우우우우우!

유독 커다란 울림이 꼬리 셋 달린 루비아이에게서 터져 나왔다.

20마리의 마물들이 일제히 새하얀 발톱을 들이민 순간 페르노크가 지면을 박찼다.

빠각!

앞선 놈의 복부를 발끝으로 올려 찼다.

뼈가 부러져 고통을 호소하는 입에 주먹을 꽂았다.

놈의 몸이 축 늘어지기 무섭게 송곳니를 뽑아 다른 놈들에게 휘둘렀다.

페르노크의 탄력적인 움직임에 루비 여우들이 주춤하며 판단이 느려졌다.

콰드드득!

아티펙트를 도끼로 변환시켜 접근한 루비아이들을 고깃덩어리처럼 다져 버렸다.

흘러내린 피가 바닥에 고여 웅덩이를 이루자, 대장 격인 마물이 3개의 꼬리를 빳빳이 세웠다. 그러나 거리를 둘 뿐 바로 달려들지 않았다.

염탐할 생각인 듯한데 무척 어설펐다.

'탐색은 그렇게 하는 게 아니지.'

페르노크가 던진 도끼가 루비아이의 꼬리를 아슬아슬

하게 스쳐 지면에 박혔다.

페르노크가 무방비한 상태로 노출되자 루비아이는 망설이지 않았다.

"카아앙!"

페르노크는 무기가 없다. 맨몸으로 싸운다면 자신이 이긴다.

그런 생각에서 비롯된 도약은 무척이나 단조로웠다.

콰득!

페르노크의 주먹이 놈의 주둥이에 꽂혔다.

단단한 마력강체술이 놈의 콧등부터 으깨기 시작했다.

루비아이는 전신의 털이 빳빳하게 치솟았지만, 페르노크가 목덜미를 낚아채 꺾어 버리니 아무런 저항도 못 하고 축 늘어졌다.

페르노크가 루비아이의 눈알을 뽑아 유리병에 담았다.

그리고 사방에서 솟구치는 검은 혼들을 정화하여 영력을 흡수했다.

동화율 - 17.5%

영력이 순조롭게 차오른다.

* * *

야수라는 별명답게 그는 고도 2000미터의 산맥을 제집처럼 드나들었다.

한 마리 상대하기도 벅찼던 마물들을 이젠 다수 상대해도 지치지 않게 되었다.

한 달이 지났을 무렵, 페르노크는 역대 최단기간으로 동급에 오르는 기염을 토했다.

"여기 동급 패입니다."

페르노크는 그동안 모든 의뢰를 단 한 번도 실패하지 않았다.

협회가 이를 인정하여 동급 임무도 몇 개 내주었다.

대부분 파티나 길드가 필요한 협동심을 강조했는데, 페르노크는 단신으로 모든 의뢰를 해결했다.

심지어 의뢰자가 만족할 만한 수준의 결과물을 계속 들고 왔다.

혼자서는 일주일도 버티기 어려운 고도 2000미터 이상을 보름 넘게 질주하는 모습에 협회는 깊이 감명받았다.

용병들조차 갑자기 나타난 초신성의 등장을 놀라워하고 반겼다.

A급 길드 3곳이 자리를 나눠 갖는 이 정체된 성에 새로운 바람을 불러일으키지 않을까 기대하는 사람들도 있었다.

하지만 페르노크는 여느 때처럼 묵묵히 자신의 일을 수행하며 존재감만 흘릴 뿐이었다.

* * *

“오늘도 상등품입니다. 매번 좋은 품질로 가져다주셔서 감사합니다.”

페르노크가 라무트에게 대금을 챙기며 물었다.

“오늘따라 한산하군.”

“이제 A급 길드들이 원정을 마치고 내려오니까요. 각 산하 길드들이 바쁘게 움직일 겁니다. 그에 속하지 못한 중소 길드들은 사냥터 동선을 새로 짜느라 머리 아프게 뛰어다니겠죠.”

“눈치싸움이라도 한다는 건가.”

“페르노크 님도 준비하셔야 하지 않을까요?”

“협회 소속은 관심 없어.”

라무트가 싱긋 웃었다.

“아쉽군요. 그럼 길드라도 알아보시죠.”

“고려해 보지. 그보다 당신은 지금 생활에 만족하나?”

“……?”

“심심하면 나랑 같이 일해 보는 건 어때?”

“전 이런 일상이 좋습니다.”

“의외로 소박하군.”

“피 튀기는 전장은 신물이 나서요.”

페르노크가 고개를 끄덕였다.

“한 가지만 묻지. 다들 A급 길드와 산하 길드들의 눈치를 살피는데, 협회는 어째서 이들이 다른 사람들을 강제로 억압해도 내버려 두는 건가?”

“제지할 명분이 없으니까요.”

“개인 단위 용병들은 피해를 보던데?”

“협회는 용병을 구속하지 않습니다. 그들의 자유로운 경쟁을 존중하죠.”

“다툼이 일어나도 개입하지 않겠다는 말인가?”

“보통 협회의 중재는 관계없는 민간인들까지 끌어들이거나, 사고 당사자의 요청이 있을 때만 가능합니다.”

“바꿔 말하면 별다른 요청이 없다면 당사자들끼리의 분쟁은 관망한다는 뜻이군?”

“되도록 각자의 방식을 존중하자는 뜻이지요.”

페르노크가 씨익 웃었다.

“충돌은 자유라는 그 말, 확실히 기억했어.”

* * *

페르노크가 새로운 퀘스트를 해결하기 위해 고도 3000미터 사냥터를 돌아다니던 때였다.

얼음 송곳 하나가 다 잡은 사냥감을 가로챘다.

“여기서 뭐 하는 거야?”

샤사크의 부길드장 허만이 험상궂은 표정을 지으며 다

가왔다.

그 뒤에서 20명의 무리가 샤사크의 깃발을 들고 나타났다.

"뭐 하는 짓이지?"

"내가 묻고 싶은 말이야. 최단기간으로 동급에 올랐다고 눈에 뵈는 게 없는 건가?"

허만이 흉흉한 기세를 흘리며 페르노크 앞에 섰다.

순식간에 샤사크와 페르노크가 대치하는 모양새가 되었다.

"여긴 우리 자리야."

"자리?"

"구역이라고, 구역! 동쪽 2000미터에서 3000미터 사이는 샤사크의 사냥터다. 넌 지금 남의 사냥터를 멋대로 이용했다고."

A급 길드는 서로 충돌하지 않으려고 산맥 각각의 방향을 차지하고 있다.

그리고 A급 길드들은 산하 길드에게 고도 일정한 구역을 사냥터로 넘겨준다.

한마디로 자리싸움이다.

산하 길드가 아닌 용병들은 이 질 좋은 사냥터를 눈 뜨고 뺏길 수밖에 없다.

괜히 건드렸다가 A급 길드와 다툼이라도 벌어진다면, 이 성에서 더는 마물을 사냥하며 지내지 못하게 되니까.

그래서 대부분의 용병들은 산하 길드의 눈치를 살피거나, 그들에게 비용을 지불하고 이용하거나, 해당 길드와 계약을 맺고 일정 기간 소속되는 방식으로 사냥터를 이용 중이었다.

거대 길드의 횡포를 페르노크도 잘 알고 있다. 하지만 웃으며 모르는 척 물어보았다.

"어디서 들어 본 것 같긴 한데, 난 지금 퀘스트 중이야. 퀘스트는 서로 간섭하지 말라는 협회의 엄포가 있지 않았나."

"그건 몰랐군. 하지만 이쪽도 사냥터에서 활개 치는 불청객을 두고 볼 순 없다."

"협회의 규정을 무시하겠다는 건가?"

"더 간단한 해결책이 있지. 샤사크에 합류해라."

페르노크가 피식 웃었다.

"무슨 얘기를 하나 했더니, 또 실없는 소리나 해 대는군."

"보통 동급은 5레벨에서 시작된다. 넌 4레벨임에도 동급 플레이트를 얻었어. 잠재력을 높게 쳐줬단 거지. 하지만 그 재능도 좋은 토양이 뒷받침되어야 싹을 틔우는 거다."

"산맥은 모두의 것이다. 사냥터랍시고 멋대로 차지해서 더 큰 힘으로 약한 자를 억압하는 방식이 언제부터 떳떳하고 자랑스러운 행위였나? 퀘스트엔 간섭하지 말라는 협회의 규정까지 무시할 정도인가?"

페르노크가 사냥감을 등에 짊어졌다.

"동네 개새끼도 신입은 챙긴다."

페르노크가 몸을 돌리자 냉기가 어깨 위로 쏟아졌다.

얼음은 다루는 허만의 마법에 의해 사냥감이 꽁꽁 얼어붙었다.

"너 같은 놈이 없던 건 아니지."

고개를 돌리자, 허만이 미간을 찌푸리고 있었다.

"자리싸움이 싫다고 혼자서 돌아다닌 용병들은 꽤 있어. 하지만 다들 결국은 분수에 맞게 살더군."

"……."

"아, 그건 선물이야. 돌아가는 길에 썩지 말라고 냉동시켜 줬어."

페르노크가 그들을 쓱 훑었다.

'4레벨은 허만 혼자. 3레벨 3명이고, 나머지는 가드인가. 5레벨인 길드장이 없어서 아쉽지만, 몸풀기엔 적당해.'

샤사크치고 너무 신사적으로 나선다고 생각했다.

'아주 잘 여물었어.'

계획대로 움직이기 딱 좋은 날씨다.

페르노크가 사냥감을 내팽개치자, 허만이 피식 웃었다.

"뭐야, 그 눈빛은? 선물이라니까? 빨리 가져가야지?"

"새싹 밟기도 이 정도면 노골적이라 웃음도 안 나오네."

"잘하면 한 대 치겠네?"

주위에서 실소가 흘러나왔다.

"눈깔에 힘 빼고, 좋은 수업 들었다 생각하고, 협회로 돌아가서 다신 이곳에 얼씬도 하지 마."

페르노크가 그들을 천천히 살피곤 고개를 저었다.

"한 명 정도는 살려 둘 만하겠어."

"빨리 꺼지라는 말……."

허만이 어깨를 흠칫 떨었다.

페르노크의 마력이 소름 끼치도록 상승하고 있었다.

"……뭐 하자는 거야. 지금 샤사크와 한판 해보자는……!?"

콰득!

살육음이 허만의 목소리를 날카롭게 잘랐다.

소리가 들렸을 땐, 가드 하나가 바닥에 널브러져 있었다.

페르노크가 한복판으로 파고들었다.

"한 가지 정정하자면 나도 퀘스트는 핑계야."

그가 마주 웃었다.

"내 사냥감은 처음부터 네놈들이었어."

* * *

샤사크의 길드장 람로는 5레벨 동급 마법사다.

바람 마법을 다루는 자유로운 이미지와 다르게 그는 쉽

게 흥분하는 편이었다.

"이놈들은 올라간 지 5시간이 넘었는데 왜 아직도 소식이 없어!"

최근 마물의 산맥을 들썩이는 한 용병이 그의 신경을 자극하고 있었다.

A급 길드들이 하산하는 이때가 길드들이 세력을 확장시키는 주요한 시기다.

샤사크는 플랑에게 잘 보이고자, 멋모르고 날뛰는 실력 좋은 애송이를 영입하려 했다.

처음에 거절당했지만 상관없었다. 새싹들은 대부분 그런 식이다.

좋은 말로 할 때 넘어오지 않고, 약간의 압박을 가한 뒤에 합류한다.

이번에도 마찬가지였다.

최단기간에 동급 마법사가 된 페르노크의 동선을 체크했다.

그가 고도 2500미터 이상, 자신들의 사냥터에 들어왔을 때 자리를 주장하며 압박한다.

처음엔 단순히 주의를 주는 용도.

그러나 이후에 페르노크가 사냥할 때마다 끼어들어 그의 사냥을 사사건건 방해하며 영입을 추진한다.

압박과 회유, 채찍과 당근.

혹은 견디지 못한 자가 스스로 성을 떠나게 만든다.

가지거나, 가지지 못하면 내보내는 방식으로 그들은 그들만의 세력을 굳건히 지켜왔다.

새싹 밟기.

샤사크는 이 분야의 전문가였다.

하지만 오늘따라 허만에게서 소식이 없다.

첫 단계인 압박감 심어 주기가 이토록 오래 걸릴 일은 아닌데, 묘한 위화감이 들었다.

"가서 허만 데려와."

"예!"

길드원이 산을 올라가려는 순간, 상처 입은 누군가가 길드장실로 들어왔다.

허만과 함께 산으로 올라갔던 3레벨 마법사였다.

그가 공포에 짓눌린 얼굴로 소리쳤다.

"그, 그놈은 짐승이에요. 피가 얼굴을 뒤덮었는데 웃고 있었어요! 미쳤어요! 저희를 때려눕히고 죽였어요!"

"무슨 말이야! 똑바로 얘기해!"

"그, 그 저흰 마법도 제대로 못 썼는데…… 그놈은 혼자 날뛰고 다녀서……."

"이 새끼야! 정신 차리고 말해! 허만 어디 있어!"

길드원은 충격에 전신이 집어삼켜진 듯 딱딱하게 굳었다.

"죽었어요. 눈앞에 목이 잘려서."

"뭐?"

“그놈이 길드장님을 데려오래요. 그럼 저는 살려 준다고. 쓸 만하니까 기회를 준다고…….”

람로가 길드원을 걷어찼다.

쓰러진 길드원이 연신 야수라는 말을 중얼거렸다.

람로가 어느새 모여든 길드원들에게 외쳤다.

“산맥으로 간다! 당장!”

* * *

람로는 길드원 30명을 이끌고 산맥에 올랐다. 그리고 충격적인 장면을 목격했다.

샤사크의 깃발이 떨어진 자리.

허만을 포함한 길드원 20명이 처참하게 널브러져 있었다.

페르노크는 바위 위에 걸터앉아 참혹한 전경을 내려다보는 중이었다.

“네가 길드장 람로냐?”

왠지 실망한 듯한 시선과 마주하자 람로는 오싹한 소름이 돋았다.

‘우리가 이놈을 노린 게 아니었어.’

페르노크가 그들을 시험하고 있었다.

그게 아니고서야 허만을 죽인 페르노크가 샤사크 길드 본대를 기다릴 이유가 없으니까.

“5레벨 마법사의 역량. 소문보다 대단해야 할 텐데.”

페르노크가 천천히 마력을 해방시켰다.

그 순간, 람로의 눈이 찢어질 듯 커졌다.

보고와 다르다.

그건 4레벨을 아득히 뛰어넘은 마력의 폭풍이었다.

* * *

샤사크가 플랑을 뒷배로 두고 있다는 사실을 알면서 대범하게 행동하는 페르노크.

보고를 뛰어넘는 4레벨을 뛰어넘은 마력.

그리고 의도적인 대결까지.

람로는 자연스럽게 ‘항쟁’이란 단어를 떠올렸다.

“누가 보낸 거냐. 어떤 개새끼의 사주를 받고 우릴 노린 거야!?”

“흥분하면 사고가 굳어 버리는 단순한 타입은 별로인데.”

람로가 입술을 질근 깨물며 마력에 바람을 실었다.

“목만 붙여서 끌고 와!”

가드들이 앞에 나서고, 마법사들이 마력을 끌어 올렸다.

람로의 바람계열 마법이 먼저 발동된 그 순간.

“대인전 경험도 빈약해 보이고.”

섬뜩한 목소리가 눈앞을 파고들었다.

람로의 바람이 작은 벽을 만들어 강렬한 검격을 막았다.

까앙!

굉음을 따라 길드원들의 시선이 한복판으로 이동했다.

하지만 그들은 손을 겨눌 뿐, 마법을 발동하지 못했다.

페르노크가 람로와 지근거리에서 격렬하게 움직였기 때문이다.

"너무 쉽게 거리를 허용하는군."

"뭐해, 쏴…… 읔!"

"마법은 좋은데, 활용력이 떨어져."

어느새 페르노크의 글러브는 쌍단검으로 변했다.

'무기가 바뀌었어?'

아티펙트의 존재를 모르는 람로로선 마법이라고 착각할 수밖에 없었다.

"재능은 있지만 갈고닦지 않고, 주어진 지위에만 만족해서 상황 이해가 느리다. 보이나? 네가 내게 붙들려서 발만 동동 구르는 길드원들의 모습들이?"

"이익!"

람로가 모아 뒀던 풍압을 터트렸다. 페르노크가 허리를 젖혀 피하자, 람로는 빠르게 물러나 거리를 두려 했다.

'이게 왜…….'

허만의 죽음부터 갑작스러운 목숨의 위기까지 당황스러운 사태에 판단이 여러 갈래로 나뉘었다.

그 혼란을 페르노크의 창이 파고들었다.

까앙!

간신히 방벽을 세운 람로가 정신을 번쩍 차렸다.

"레벨만 높은 얼간이. 그 마법은 너처럼 모자란 놈이 쓰기엔 아까워."

왼손에 방벽을 전개하고, 오른손에 다시 풍압을 모았다.

상대는 육체 강화 마법사.

한 번만 거리를 벌릴 수 있다면 길드원들의 포격으로 묻어 버릴 수 있다.

"……?"

하지만 람로는 마법을 터트리지 못했다.

고도 2500미터의 마력 간섭과 더불어 페르노크가 창을 통한 마력 장악으로 그의 마법 발동을 저해시켰기 때문이다.

이중 마력 간섭은 이제껏 수월했던 그의 마법을 5초가량 지연시켰고.

페르노크는 허만에게서 빼앗은 마법 '얼음 송곳'을 창끝에 씌워 방벽을 관통했다.

쩌저적!

창이 꿰뚫은 자리에서 시작된 얼음이 람로의 몸을 뒤덮기 시작했다.

"날 죽이면 플랑이……."

"벌집을 왜 쑤시는 줄 알아?"

페르노크가 얼어붙어 가는 그의 정수리를 손바닥으로 움켜쥐었다.

"그곳에 꿀이 많거든. 튀어나온 벌들 잡아먹다 보면 그 넓은 벌집 안의 꿀을 혼자 독차지한다. 그 단맛이 아주 극상이야."

"자, 잠깐……."

페르노크가 손아귀에 힘을 주자 람로의 몸이 정수리부터 산산조각이 났다.

'루인의 말처럼 동급 간의 전투에선 마력 간섭으로 마법을 얼마나 지연시키는지가 아주 중요하겠어.'

루인과의 수련이 아니었다면 이만한 인원과 정면에서 싸운다는 생각조차 못 했을 것이다.

[토네이도 Lv.5]

마력을 회전시켜 거센 바람을 일으킨다.

페르노크가 창을 뽑아 검으로 변환시키며 주위를 둘러보았다.

길드원들은 얼빠진 표정을 짓고 있었다.

명령권자가 순식간에 당한 이 상황에서 어떻게 해야 할지 갈피를 못 잡고 있었다.

"난 너희들의 방식이 좋아. 아무리 거칠게 움직여도 양심에 거리낄 게 없거든."

페르노크의 덤덤한 목소리만이 정적을 들쑤셨다.

"보통 너희처럼 이기적인 놈들은 고쳐 쓰는 게 아니라고 했다. 하지만 나는 그 추잡한 욕망을 영혼째 갱생시켜 줄 수 있다."

페르노크와 눈이 마주친 길드원들이 흠칫 떨었다.

람로와 싸워서 소모되었어야 할 페르노크의 마력이 다시 흘러넘쳤기 때문이다.

죽은 자들의 마력을 흡수한다는 사실을 모르는 그들에게 페르노크는 괴물처럼 보였다.

"따라서, 제안하지."

페르노크가 토네이도를 넓게 펼쳤다.

거대한 폭풍의 벽이 중심의 페르노크와 길드원들을 가뒀다.

"살고 싶나?"

빠져나가지 못하는 투기장 안에서 페르노크가 검을 글러브로 변환시켰다.

"나를 만족시켜라."

* * *

용병 협회 아스탈 지부장 발투스가 차분한 얼굴의 청년을 응시했다.

"만나 뵙게 되어 영광입니다. 페르노크 님과 함께하고

있는 리오라고 합니다."

"발투스일세. 앉지."

오늘 아침 나타난 리오는 페르노크의 거취와 관련된 애기라고 지부장과 직접 면담을 요구했다.

사전에 예약되지 않은 방문이었지만, 라무트의 부탁으로 발터는 잠시 시간을 냈다.

'그 친구가 야수를 좋게 본 모양이군.'

라무트는 이 지부의 기둥 같은 존재였다. 젊은 시절 은급에 올랐고, 지금은 은퇴해서 후학 양성에 힘을 쏟고 있다.

라무트가 있기에 A급 길드돌과의 중재가 가능하다.

그런 그가 페르노크를 협회 소속으로 받아들이라고 종종 귀띔해 주기도 했다.

'시기가 딱 적절해.'

발투스는 리오가 여기까지 찾아온 이유를 짐작하고 있었다.

아마도 그는 새싹 밟기와 관련해서 길드에 중재를 요청하려는 것이리라.

그걸 이용한다면 페르노크를 협회로 받아들이기 편하다고 판단했다.

"날 보자고 한 이유가 샤사크 때문인가?"

"알고 계시는군요."

"지금은 A급 길드의 산하 길드들이 세력을 확장하는

시기지. 야수처럼 눈에 띄는 인재를 모두가 탐낼 거야."

"샤사크 외에도 많은 길드들이 접촉했습니다."

"그중 제일 폭력적인 행사는 샤스크가 하는 중일 테고."

"맞습니다. 본격적인 새싹 밟기를 시작했습니다."

"야수는 지금 산에 있나?"

"예."

"샤사크도 올라갔을 테니, 한바탕 소란이 일겠군. 4레벨 마법사라 쉽게 당하지 않을 테지만, 산맥은 험하고 깊네. 게다가 샤사크의 길드장 람로는 5레벨이야. 무슨 뜻인지 알겠나?"

"홀로 다니기 힘들다는 것쯤은 알고 있습니다. 길드 단위가 움직일 경우 개인이 무력해지는 곳이 바로 산맥이니까요. 하지만 간혹 예외가 있지 않겠습니까."

"어림도 없는 소리! 샤사크는 커녕 관련된 C급 길드들도 버거울 걸세!"

"해 보면 알겠죠."

생각보다 차분한 리오의 모습에 발투스가 언성을 누그러뜨렸다.

"체면을 차리고 싶은 마음은 알겠네만, 지금은 현실을 직시해야지."

발투스가 미소 지었다.

"우리 협회에서 나서 준다면 샤사크는 야수를 어쩌지 못할 걸세."

"무슨 말씀을 하시는 겁니까?"

"이해하네. 뛰어난 인재가 결국 폭력에 굴복해서 중재를 요청해야 하는 상황이 무척 자존심 상하겠지. 하지만 사람부터 살리고 봐야 하지 않겠나. 일단, 야수가 협회 소속으로……."

리오가 피식 웃었다.

"뭔가 착각을 하신 것 같군요."

"응?"

"중재 요청이나 드리자고 여기까지 찾아온 게 아닙니다."

"중재가 아니라니?"

"협회에서 강력한 길드들의 대립을 중재할 수 있는 이유. 그걸 거래하기 위해 찾아온 겁니다."

발투스가 생각지도 못한 말에 말문이 막혔으나, 리오는 태연한 표정으로 말을 이었다.

"마물 소재 가공 사업권. 플랑에게 3년 동안 빌려준 그 권리를 앞으로 저희와 함께하시는 건 어떻습니까?"

"지금 내가 잘못 들은 건가?"

"저흰 자신감 없는 일에 뛰어들 정도로 무모한 사람들이 아닙니다."

"그러니까…… 지금 샤사크와의 싸움을 중재하는 게 아니라 오히려 관망해 달라는 거지?"

"더해서 플랑의 사업권도 저희와 거래하시면 좋고요."

"흠."

발투스가 차갑게 식은 눈동자로 리오를 응시했다.

"자네, 미쳤나?"

"어떻게 될지는 앞으로의 상황을 보고 판단해 주셨으면 합니다."

"A급 길드를 동네 양아치 집단으로 보는 것도 아니고. 뭐? 아직 1년이나 남은 사업권을 달라고 해? 자네들 다른 A급 길드에 소속되기라도 한 거야?"

"아직 소속은 없습니다만, 이번 달을 기점으로 하나 만들어질 예정입니다."

"허?"

"거래 하나 하시겠습니까."

리오가 테이블에 몸을 바싹 붙이며 무덤덤하게 말했다.

"플랑이 올해 안에 무너지면 그 사업권을 저희가 넘겨받고, 페르노크 님이 산하 길드에게 진다면 저희가 협회 소속으로 들어가겠습니다. 어떠십니까?"

"그 친구 부탁받고 귀한 시간 내줬더니! 아까운 시간만 버렸군!"

발투스가 미간을 찌푸리며 벌떡 일어났다.

"다신 그따위 미친 소리를 들고 날 찾을 생각 따윈 꿈도 꾸지 말게!"

어디 말이 되는 소릴 해야지.

누가 누굴 죽여? 자기 목이 나가떨어질 판국에?

라는 분노 섞인 말을 중얼거리며 리오를 밖으로 쫓아내려 할 때였다.

"지부장님!"

문이 벌컥 열리며 비 오듯 땀을 쏟는 협회 직원이 들어왔다.

평소라면 노크 하나 없는 무례함부터 지적했겠지만, 뒤이은 소리에 발투스가 눈을 부릅떴다.

"산맥으로 들어간 샤사크가 전원 몰살당했습니다!"

"……!"

"아, 아니. 전원은 아니고 살아남은 마법사가 몇 명 있는데, 그들이 람로와 허만이 죽었다고 했습니다! 길드 간부들은 물론, 가드들까지 찢겨 나갔다고 합니다!"

직원은 다급한 나머지 횡설수설했지만 요점은 명확히 발투스 귓가에 꽂혔다.

"야수가 샤사크를 짓밟았습니다! 플랑의 산하 길드들이 지금 산맥으로 향하고 있습니다!"

페르노크는 혼자다.

산맥에서 그것도 5레벨 마법사와 휘하 길드원 수십 명을 상대로 승리했다는 말이 누군가의 망상처럼 들렸다.

발투스가 저도 모르게 리오 쪽으로 시선을 돌렸다.

리오는 여전히 덤덤했다.

"생각보다 더 빠르군요. 정정해야겠습니다. 올해가 아

니라 3개월 안에 플랑을 치는 걸로요."

"다른 용병들 끌어들인 건가!?"

"자잘한 건 신경 쓰지 마시죠. 일은 벌어졌고, 우린 더 좋은 방향으로 수습해야 합니다."

리오는 차분하지만 또렷하게 발투스를 응시했다.

"지금부터 플랑의 산하 길드를 갉아먹겠습니다. 이달 안에 최소 5곳을 무너뜨린다면, 저희를 믿고 거래하시겠습니까?"

말문이 막힌 발투스에게 리오가 싱긋 웃었다.

"지부장님이 만족하실 만한 대가를 지불하겠다고 약속 드리죠."

* * *

"살려 줘……."

쫑알거리는 놈을 지면에 처박고 주위를 둘러보았다.

샤사크의 대부분은 전투 불능 상태에 빠졌지만, 새로운 먹잇감들이 산을 타고 오른다.

"람로!"

플랑의 산하 길드인 C급 버드다.

"저놈을 죽여!"

살기가 전장을 가득 채웠지만, 페르노크에게 바로 도달하지 못했다.

고도 2500미터를 넘어선 곳에서의 전투.

굶주린 마물들은 피 냄새를 맡고 전장에 끼어들었다.

"가드는 마물을 막고, 3레벨 이상은 페르노크에게 마법을 쏟아부어라!"

버드는 저레벨 마법사를 다수 보유한 길드답게 5인 10개 파티로 나뉘어 마물과 페르노크를 동시에 공격했다.

람로가 살아 있었다면 까다로운 전투가 됐을 정도로 버드의 길드장 마셜은 탁월한 전술 능력을 발휘했다.

하지만 이곳은 처음부터 페르노크에게 유리한 전장이다. 저레벨 마법사의 마법 발동이 지연되는 시간을 이용해서 페르노크가 파티의 약점을 파고들었다.

"놈이 마물 쪽에 합류한다!"

"외곽을 두텁게 만들어!"

소리쳤을 땐 이미 늦었다.

아무리 뛰어난 지휘도 훌륭한 말이 뒷받침되어야 탄력을 받는 법.

이 중에 페르노크 이상 가는 육체 강화 마법사가 없고, 대부분 원소 계열의 저레벨들뿐이다.

마물까지 상대하면서 페르노크의 속도를 대처하기란 불가능했다.

"뭉쳐!"

마셜은 아차 싶었다. 샤사크가 당했다는 말을 듣자마자 앞뒤 안 재고 올라온 게 실수였다.

어느새 마물과 버드의 대결로 변질되어 버린 전장에서 거리낄 것 없는 개인이 날뛴다는 것쯤은 계산했어야 했다.

난전이 되어 버린 순간 마셜의 판단도 흐려졌다.

"놈이 사라졌습니다!"

마물이 눈앞을 가려 버리자 마셜이 지면에 손을 얹었다.

콰아아아앙!

대지가 송곳처럼 다듬어져 눈앞의 마물을 모조리 꿰뚫었다.

마셜의 마법은 다량의 적을 손쉽게 토벌하기 안성맞춤이다.

집단 행동하는 마물을 상대하기에 더없이 탁월하지만 상대는 노련한 전사다.

마물이 잠시 사라진 틈.

마셜의 눈동자가 빠르게 전장을 훑지만 페르노크는 여전히 보이지 않았다.

"넌 쓸 만하군."

마셜이 섬뜩함에 뒤로 손을 뻗으려 했으나, 페르노크가 이미 그의 뒷목을 강타했다.

마셜이 쓰러지는 소리를 듣고 나서야 길드원들의 시선이 돌아갔다.

하지만 그곳에 페르노크는 없었다.

[은신 Lv.3]
주위에 동화된다.

샤사크의 간부를 죽이고 얻은 마법 덕분이었다.

'마셜이 쓰러졌지만 지휘 체계가 바로 흔들리진 않는다. 마법사가 오히려 가드의 얘기를 듣고 있다. 몇몇 대인전에 노련한 가드가 있군.'

페르노크는 당장 전투에 투입시킬 수 있는 즉시 전력감이 필요했다. 마셜처럼 지휘에 능숙하고, 소규모 전투에서 판단을 적절하게 내리는 사람들이 많을수록 좋았다.

'한 명의 강한 마법사를 뒤에 세우고, 다섯 명의 노련한 가드들이 시간을 번다. 유기적인 판단으로 어느 상황에서도 대처가 가능하겠지.'

페르노크가 눈여겨본 자들은 가볍게 제압했다. 전투의지를 상실한 자들은 굳이 건들지 않았다.

하지만 무분별하게 마법을 난사하여 상황을 악화시키는 놈들은 단번에 죽였다.

곳곳에서 솟구치는 마물과 인간의 혼.

영력과 마력을 흡수하니 몸이 힘으로 충만해진다.

동화율 - 18.3%

성장과 인재 획득을 동시에 진행하는 이곳은 다른 자들

에게 넘겨주기 싫은 사냥터였다.

* * *

"사, 살려 주세요……."

페르노크가 겁에 질린 자들을 살펴보았다.

"다른 놈들은?"

"어, 없습니다!"

페르노크가 마력강체술을 끌어 올렸다.

마력은 충분하지만 육체가 찌릿찌릿했다.

제아무리 강한 힘도 계속 퍼부어 대면 육체에 과부하를 일으킨다.

'샤사크와 버드가 궤멸에 가까운 타격을 입었으니, 이제 소식을 접한 플랑의 산하 길드들이 본격적으로 나서겠지.'

소문이 퍼지고 페르노크를 수색하기까지 제법 시간이 필요하다.

'이번에 얻은 힘들을 정리하기에 딱 적당하겠어.'

전의를 상실한 자들이 길드장을 등에 업고 산을 내려갔다.

페르노크는 그들을 내버려 뒀다.

'내가 계속 산맥에 머물며 적들을 끌어들인다고 소문내겠지.'

저들은 이제부터 아군을 속이는 혼선으로 자리매김할 것이다.

페르노크가 주위를 살폈다.

시체들의 피 냄새를 맡고 더 위험한 마물들이 몰려들기 시작했다.

[변장 Lv.2]

체격과 얼굴 형태를 하루 동안 변화시킨다.

페르노크가 중년인으로 변신하여 유유히 산을 빠져나갔다.

* * *

페르노크는 좁은 골목길의 여관으로 들어갔다. 2층 끝방을 열자 느긋하게 차를 마시는 리오가 보였다.

"이런 은밀한 곳을 잘도 아는군."

"체격, 목소리 뭐 하나 흠잡을 곳 없는 변장이네요. 어디서 배우신 겁니까?"

"가르쳐 준다고 따라 할 수 있는 게 아니지."

페르노크가 리오 맞은편에 앉았다.

"지금까지 뭘 하고 있었나?"

"사업권 하나를 빼 오고 있습니다. 페르노크 님께서 플랑을 꺾어 주시면 이곳에 아주 좋은 거점을 확보하게 되실 겁니다."

페르노크가 무심히 말했다.

"사업권은 플랑을 꺾은 순간 내가 거머쥘 수 있다. 당연한 결과물 하나를 얻자고 이 귀한 시간을 낭비하고 있던 건가?"

리오는 히죽 웃으며 답했다.

"가장 중요한 한 가지를 더 준비 중입니다. 다행히 페르노크 님께서 플랑을 칠 때쯤이면 되겠군요."

"내가 언제 플랑과 전면전을 할 거라고 생각하지?"

"산하 길드 두 곳을 박살 내는 데 하루도 안 걸렸죠. 지금 A급 길드들이 하산하는 중이고, 산하 길드들이 눈치를 살핀다고 한다면…… 그들의 총공세까지 대략 일주일 걸린다고 봅니다. 하여, 페르노크 님께선 아마도 다음 달까진 결판을 지으려고 하시겠죠."

"이번 달 안에 끝낸다."

"산하 길드뿐이라면 가능하겠죠. 하지만 상대는 플랑입니다. 길드장 제이크는 이곳에 잔뼈가 굵은 6레벨 마법사고, 간부들은 최소 4레벨 마법사들입니다."

"상관없어."

이쪽이 성장하는 속도가 훨씬 빠르다.

이대로 산하 길드와 마물들을 먹어 치운다면 6레벨에 도달하기까지 한 달이면 충분하다.

싸워서 강해져야 한다.

전투가 지속될수록 유리한 쪽은 페르노크의 특별한 수련 방식이다.

"혹시 제가 모르는 다른 패가 있으십니까?"

"그런 게 있다면 굳이 갉아먹는 싸움을 하진 않지."

"제이크까지 친다는 말씀, 아직 이르다고 생각합니다만……."

찻잔을 두드리던 리오가 고개를 끄덕였다.

"……버드와 샤사크도 깔끔하게 마무리 지으셨으니, 저도 이번 달까지 제 구상을 앞당기겠습니다."

"사업권 같이 당연한 소리를 지껄인다면, 나도 널 데려갈 의미가 없다."

"명심하겠습니다. 그럼 다음 만남은 이번 달 말일이 되겠군요."

리오가 찻물을 비우고 자리에서 일어났다.

"푹 쉬십시오. 이곳은 안전합니다."

페르노크가 차를 마시자, 리오는 가볍게 목례하고 방을 떠났다.

몇 가지 요깃거리로 배를 채우니 피로감이 몰려들었다.

페르노크가 침대에 누워 눈을 감았다.

차분히 내부를 관조하며 지금까지 얻은 수많은 힘을 정리하기 시작했다.

* * *

플랑은 퀘스트를 성공적으로 끝마치고 하산했다.

응당 산하 길드에서 축하 인사가 도착해야 마땅하다.

하지만 길드로 돌아온 제이크는 터무니없이 충격적인 말을 전해 들었다.

"누가 죽어?"

"람로 길드장과 허만 부길드장 그리고 버드의 부길드장 및 수많은 길드원들이 죽거나 크게 다쳤습니다. 마셜 길드장은 살아남았지만, 겁에 질려 길드 밖을 나서지 못하고 있습니다."

"……."

여독을 풀기도 전에 흉흉한 보고가 연달아 들렸다.

잠시 성을 떠났을 뿐인데, 집이 불타고 있었다.

믿기지 않는 현실에 충격받은 것도 잠시.

제이크가 정신을 수습하며 빠르게 산하 길드를 소집했다.

직사각형의 기다란 테이블 상석.

제이크가 무거운 표정으로 앉아, 길드장들을 무심히 쳐다보고 있었다.

"페르노크, 4레벨……."

밑줄 친 보고를 제이크가 정정했다.

"……아니, 5레벨 상급의 육체 강화 계열 마법사. 한 달 만에 동급 패를 받고, 다양한 퀘스트를 파티 없이 혼자 완수했다. 람로 길드장이 세력 확대의 일환으로 새싹 밟기를 진행하다가 오히려 산맥에서 죽었다. 마셜 길드장은 살아남았지만 심각한 트라우마에 시달리고 있다."

또박또박 얘기할 때마다 산하 길드장들이 몸을 움찔거렸다.

"지금 장난합니까?"

6레벨 마법사의 분노가 조금 흘러나왔을 뿐인데, 산하 길드장들은 숨이 턱 막혔다.

"육체 강화 마법사 하나 못 잡아서 지금 산하 길드 두 곳이 당해요? 그래. 그럴 수 있다고 칩시다. 페르노크의 실력이 예상을 웃돌아서 정말 어처구니없게 당했다고 합시다. 그런데 다른 길드장님들은 뭘 했습니까?"

"그, 그게……."

"저희는 마셜 길드장에게 아무 요청도 받지 못해서……."

"그걸 지금 변명이라고 합니까!"

제이크가 테이블을 내리치자, 산하 길드장들이 새하얗게 질렸다.

"내가 분명 플랑이 고도 5000미터 이상 원정을 떠날 때, 모든 일을 신중히 처리하라고 조언해 드렸습니다. 당신들이! 플랑의 이름을 내걸고 새싹 밟기를 해도 나는 조언의 대가로 여기며 용인해 드렸습니다. 그런데 지금! 지그음!”

터져 나오려는 언성을 간신이 눌러 담으며 제이크가 싸늘한 눈동자로 좌중을 훑었다.

“우리가 당했습니다. 그것도 단 한 명에게 평소 일 처리가 깔끔했던 여러분들답지 않은 실수로 말이죠.”

“죄, 죄송합니다!”

“바로 놈을 찾아서 길드장님 앞에 무릎 꿇리겠습니다!”

“지금 놈이 어디 있는 줄은 아십니까?”

산하 길드장들이 입만 벙긋거렸다.

제이크가 관자놀이를 검지로 비비며 깊은숨을 내쉬었고, 산하 길드장들은 마른침만 꼴깍 삼켰다.

“생각 좀 하고 삽시다. 왜들 이럽니까, 진짜!”

제이크가 신경질적으로 고개를 획 돌렸다.

부길드장이 목례하며 보고했다.

“현재 야수가 산맥 아래로 내려왔다는 정보는 없습니다.”

“우회해서 도망쳤을 가능성은?”

“반드시 결계석을 통과해야 하는데, 성에 연락해 보니 결계석을 빠져나간 사람은 없다고 했습니다.”

“아직 산맥 안에 있단 말인가?”

“다른 A급 길드들과 그 산하 길드들에게 야수의 행적을 물었고 본 적 없다는 답변을 받았습니다.”

“우리 세력권 산맥에 숨었겠군.”

"다른 구역으로 갔다는 보고가 없고 산맥에 있으니, 놈은 대략 고도 2000에서 3000미터 사이에 있다고 생각됩니다."

제이크는 헛웃음이 흘러나왔다.

"샤사크랑 버드를 고도 2500미터에서 짓밟고, 내가 하산했는데도 우리 길드가 관리하는 자리에 버티고 있단 말이야?"

"놈은 거듭된 전투로 지쳤을 가능성이 높습니다."

"동굴, 거목 아래, 땅굴, 은신처로 쓸 만한 곳은 이 잡듯이 뒤져. 그리고 그놈의 동료는?"

"샤사크가 산맥으로 올라갔을 때, 협회로 들어갔다는 말이 있습니다. 하지만 협회에선 아무 말도 하지 않았습니다."

"중재 요청은 들어갔나?"

"없습니다."

"이놈, 배짱 보게."

믿는 구석이 따로 있는 게 아닐까 싶을 정도로 페르노크의 동선이 파격적이었다.

"다른 A급 길드들이나, 외부에서 세력 다툼 부추기려고 심어 놓은 놈 아니야?"

"그것까진 알 수 없습니다. 하지만 야수가 과감하게 행동한 이후 성으로 들어온 마법사들은 없습니다."

"혼자서 그랬다……."

아무리 생각해도 이해할 수 없다.

"……그 동료 놈은 성에 있을 거다. 숨만 붙여서 데려와."

"예."

부길드장이 목례하며 회의장을 떠났다.

제이크는 산하 길드장들을 한 명 한 명 눈여겨보며 말했다.

"야수의 수색이 끝나는 즉시 우린 거대한 포위망을 형성합니다."

"길드장님이 직접 나서시는 겁니까?"

"그럼 당신들이 감당할 수 있겠습니까?"

산하 길드장들이 바짝 긴장하자 제이크가 한숨을 내쉬었다.

"산맥과 성. 양측에 인원을 나눌 겁니다. 야수 토벌은 내가 간부들과 함께 진행할 테니, 혹 야수를 발견하거든 견제만 하다가 나를 부르십시오. 아시겠습니까?"

"예!"

"실수는 이번뿐입니다. 다른 A급 길드들이 세력을 확충하는 시기에 더 이상의 전력 누수는 용납 못 합니다. 명심하세요."

날 서린 회의가 끝났다.

제이크는 플랑의 간부들을 모두 소집하여 작전을 세웠다.

그리고 이틀이 지났을 무렵, 페르노크의 행적이 산맥에서 포착되었다.

* * *

제이크의 행동은 철저했다.

산하 길드 한 곳을 협회 주위에 배치하여 혹시나 모를 중재 요청을 막고, 세 길드를 성에 심어 페르노크가 외부의 조력으로 도망치는 방식을 차단시켰다.

그리고 남은 산하 길드와 플랑의 간부들을 이끌고 제이크가 직접 산맥에 올랐다.

넓게 포위망을 전개해서 갈 필요도 없었다.

페르노크는 마물과 전투를 치른 듯 상처 입은 모습으로 나무를 등지고 있었다.

튀어 나가려는 간부들을 제이크가 가로막으며 혼자 걸어 나갔다.

"나 하나 잡자고 다 끌어 모은 거냐."

식은땀을 흘리면서도 기세를 잃지 않는 페르노크의 모습에 제이크는 감탄했다.

'샤사크가 눈독 들일 만했군.'

데려왔다면 다른 A급 길드들과의 세력 확장에서 우위를 점했을지 모른다.

하지만 산하 길드를 건드렸다는 건 곧 플랑의 권위에 도전하는 행위.

멋모르고 날뛰는 야생마를 거둬들일 정도로 제이크는

너그럽지 않았다.

"왜 죽였나?"

"얌전히 칼 맞고 죽을 순 없지 않겠나."

"원만한 해결 방법이 있었을 텐데?"

"내가 성에서 나가기라도 하란 말인가?"

"적어도 그게 양쪽 모두에게 이로운 일이었겠지."

"이기적이다 못해 탐욕이 지나치군."

페르노크가 이를 갈았다.

"비록 나라에서 관리한다고 하지만 산맥은 모든 용병이 자유롭게 이용할 권리가 있다. 네놈은 무슨 권리로 얌전히 사냥하는 용병을 억압하려 한단 말이냐."

"용병의 이상은 밖에서 찾아야지. 이곳에는 이곳만의 룰이 있다. 그걸 멋대로 깨 버렸을 때 찾아올 후폭풍을 네놈이 감당할 수 있겠나?"

"어떤 뒷감당? 네놈들이 돈 못 버는 거?"

"길드의 역할은 자유분방함이 도를 넘쳐서 스스로 통제하지 못하는 현상을 바로잡는 데 있지. 지금의 네 꼴을 봐라. 5레벨 마법사라는 힘을 이용해서 멋대로 사람을 죽이고 다니지 않나."

"가해자가 피해자에게 왜 죽였냐고 물어보다니, 수준이 참 저열하군."

페르노크가 제이크를 비웃었지만, 눈 하나 깜빡 안 하고 말했다.

"협회에 중재 요청을 하지 않은 배짱만큼은 훌륭했다."
"닥쳐!"
페르노크가 뛰는 모습을 비웃은 제이크가 손가락을 아래로 그었다.
쿵!
"……!"
페르노크가 몇 발자국 딛지도 못하고 그 자리에 무릎 꿇었다.
"까드득!"
페르노크가 억지로 일어나려 하자 압박이 거세졌다.
"그런…… 가…… 이게…… 네놈의…… 마법……."
페르노크를 감싼 주위가 어두웠다.
"제이크는…… 새까맣다…… 이런…… 의미……."
제이크가 페르노크의 뒤통수를 밟아 땅에 처박았다.
"고작 이딴 놈한테 산하 길드가 두 곳이나 박살 났어? 이런 한심한 놈들."
"네가 약하니까, 그 레벨에 쪽수까지 더해서……."
순간, 주위의 압력이 치솟으며 페르노크의 뼈마디가 뒤틀렸다.
"사지를 분질러도 비명 하나 지르지 않은 놈은 네가 처음이다. 말 그대로 야수 같구나. 짐승 새끼가 따로 없어."
"크크크윽……."
"네 친구가 성에 있다지? 같이 으깨 줄 생각인데, 따로 들려줄 유언이 있나?"

제이크가 발을 거두자, 페르노크는 흙과 피로 범벅이 된 얼굴을 들어 올렸다.

제이크가 눈을 끔뻑였다.

페르노크의 입이 웃고 있는데, 눈은 한없이 냉정했던 것이다.

"태생이 쥐새끼였군."

"뭐?"

"가진 능력이 아까울 정도로 판단력이 떨어진다. 전형적인 힘만 센 아둔한 놈."

품평을 하는 듯한 시선에 제이크가 미간을 찌푸렸다.

콰앙!

압력이 페르노크를 짓뭉개 뼈와 살점이 산산조각 나는 순간이었다.

"……?"

피가 아닌 마력 입자가 사방으로 흩날렸다.

흡사 거품 같은 것들이 눈앞에서 터져 나가는 모습에 제이크가 눈을 끔뻑였다.

페르노크는 흔적도 없이 사라졌지만, 그 자리에 남은 건 피와 살이 아닌 오직 마력 거품뿐.

"……!"

버드의 길드원 중에 이와 유사한 마법을 쓰는 마법사를 봤었다.

"분신?!"

인기척이 없고 마력 잔재만 풀풀 날리는 이 현상은 분신이 분명했다.

"분신이라고?"

"그놈은 분명 육체 강화……."

제이크가 눈을 부릅떴다.

속았다.

페르노크는 분신을 다루는 마법사였던 것이다.

"……이런 얼빠진 놈들이!"

제이크는 잘못된 정보를 받았다고 착각했다.

협회가 페르노크의 측정을 잘못했거나 혹은 진실을 숨겼을 가능성이 높다고 판단했다.

플랑의 간부들도 사태의 심각성을 깨달았다.

하물며, 직접 페르노크의 마법을 육체 강화라고 소개한 산하 길드들은 어떻겠는가.

혼란이 소용돌이치는 산맥 한복판에서 제이크가 성으로 시선을 돌렸다.

"이건 유인책이야! 놈은 지금 성에 있다!"

* * *

산하 길드들은 제대로 보았다. 페르노크의 주특기는 마력강체술이다.

하지만 그들이 절대로 예상하지 못한 딱 한 가지.

[분신 Lv.3]

마력을 나눠 형태와 기억과 전투 능력이 동일한 자신을 만든다.

페르노크는 죽인 자의 마법을 흡수할 수 있다는 것.

그리고 분신이 터지면서 얻은 정보가 페르노크 본신에 흡수되었다.

"제이크."

페르노크가 몸을 일으켰다.

"생각보다 덜떨어진 놈이었군."

용병 길드 협회와 마을 주위에 분단된 플랑의 산하 길드들이 보인다.

4장. A급 길드

A급 길드

얼마 전, 버드의 길드원을 죽이고 얻은 마법 '분신'은 너무나 활용도가 좋았다.

분신은 범위에 제약을 받지 않는다. 넣어 둔 마력이 다할 때까지 페르노크와 같은 생각으로 움직인다.

그리고 분신이 죽은 순간 남아 있는 마력이 본체로 흘러들어 온다.

분신은 최대 하나였지만 적을 혼란시키기에 아주 훌륭한 마법이었다.

페르노크의 생각처럼 제이크는 미끼를 덥석 물었다.

'자기보다 약하다고 생각된 놈은 힘으로 무릎 꿇리려 하는 타입. 함께 데리고 간 산하 길드는 단순히 포위망을 형성하는 용도. 제이크는 정면 힘 싸움에 자신 있어 한다.'

똑똑한 척하는 머저리.

제이크는 용병이 아니라 투기장 선수를 했어야 옳았다.

'주력을 전부 산으로 빼돌렸으니, 이곳엔 감시와 포위를 위주로 하는 산하 길드들만 남아 있겠군. 그마저도 넓게 펼쳐 놓아서 잘라먹기 좋을 테고.'

분신이 죽으면서 확보한 정보를 머리에 새기며 페르노크가 여관을 나섰다.

"인원을 쉽게 분산시키면 쓰나."

페르노크가 씨익 웃으며 그림자에 몸을 숨겼다.

[쉐도우 워킹 Lv.3]

그림자를 타고 이동한다.

페르노크가 산맥에서 도망칠지도 모른다는 생각에 성의 포위망은 모두 산맥 쪽을 향하고 있다.

외부에서 파고들어 오는 공격에 몹시 취약한 형태.

게다가 경계심조차 느슨하다.

페르노크는 바깥에서부터 분산된 플랑의 산하 길드원들을 사냥해 나갔다.

"야, 야수?"

"이놈이 왜……!?"

5인 1개 조로 나뉘어 있었지만 대부분 감시와 보고에

특화된 배치였다.

페르노크에겐 닭 모가지 비트는 것처럼 손쉬운 사냥감이었다.

5레벨 마력과 지금껏 흡수한 마법들을 적재적소에 활용하여, 다른 이들이 눈치채지 못하도록 거리를 휩쓸고 다녔다.

전체적인 계획을 짜고, 순간적인 변화를 주면서 수단과 방법을 가리지 않고 철저히 적을 몰아붙였다.

시체들이 쌓여 나갈 즈음, 성에 넓게 포진했던 산하 길드들이 이변을 눈치챘다.

그들이 한곳에 모였고, 페르노크는 아티펙트를 글러브 형태로 변환시키며 당당히 걸어 나갔다.

"포위망을 펼쳐라!"

"길드장님은 어디 계셔!"

"일단 막아! 붙잡아 두라고!"

4레벨 이하의 수많은 마법들이 형형색색의 빛을 발하며 터져 나온 그 순간.

페르노크의 아티펙트가 지금껏 쌓아 뒀던 힘을 폭발시켰다.

오버 임팩트.

강렬한 빛이 모든 색을 집어삼켰다.

콰아아아아앙!

거리 한복판에 거대한 구덩이가 생겼다.

소란을 듣고 찾아온 군중들이 구덩이 속 익어 가는 산하 길드들의 모습을 지켜보고 있을 때, 페르노크의 육신은 마력과 영력으로 충만해졌다.

지금껏 사냥해 온 마물들 그리고 샤사크와 버드, 이곳에서 흡수한 마법사들의 힘.

그 모든 것들이 페르노크를 가득 채웠고.

동화율 – 19%

마침내 그의 마력이 6레벨에 이르렀다.

레벨이 올랐다는 특별한 기쁨은 없었다.

페르노크에게 있어서 마력은 전투를 더 지속시키기 위한 도구에 불과했으니까.

'영법의 공격술까지 머지 않았군.'

대략 7레벨 마법사에 도달했을 때, 이 나약해 빠진 육체가 페르노크 영력의 일부를 끌어 쓸 수준까지 올라선다.

그때가 비로소 산맥을 정복하는 날이다.

"막아!"

"플랑이 올 때까지 발을 붙잡아!"

페르노크는 마력강체술로 마법을 뚫고 산하 길드들을 헤집었다.

"하아아앗!"

그때, 동급 패를 목에 건 사내가 건물에서 떨어져 내렸다.

부풀어 오른 근육에 박동 치는 마력, 육체 강화계 마법사다.

"어설프게 막으려 하지 마! 최대한 상처를 입혀! 갉아먹어!"

사내가 고함을 지르며 주먹에 마력을 모았다.

한 부위에 마력을 부여하고 증폭시키는 건 상당한 센스가 필요한 기술이다.

단련 상태도 기초에 충실해 보이고, 잠재력도 썩 괜찮았다.

'합격.'

페르노크가 주먹을 맞부딪쳤다.

"크윽!"

사내는 어깨가 빠지는 것만 같았다. 마력을 한 부위에 집중시켰음에도 페르노크의 주먹을 감당하지 못했다.

거대한 철벽이 가로막는 듯한 착각에 사로잡힐 때, 페르노크가 코앞까지 치달았다.

"원리를 알고 싶나?"

즉시 좌완에 마력을 돌리는 것을 보아하니, 마력 전환에 굉장히 능숙하다.

할람.

동급 패에 적힌 이름을 보고 나서 페르노크는 고개를 끄덕였다.

마력을 신체 한 부위에 증폭시켜 중급 마물도 한 주먹에 때려눕혔다는 권호.

B급 길드 바이블의 마스터, 5레벨 강화계 마법사가 바로 이자였기 때문이다.

"몇 놈은 죽을 각오로 싸워라!"

할람이 소리치자 바이블의 길드원들이 산개하여 포위망을 형성했다.

죽음을 각오한 눈동자가 마음에 들었다.

'인망도 있어 보이고, 여러모로 요긴하겠어.'

페르노크가 할람의 권격을 벗어나며 말했다.

"플랑 따위와 붙어먹기엔 재능이 아깝다."

"이 상도의도 모르는 미친 새끼가!"

"누가 먼저 나를 이곳에서 찍어 누르려 했는지. 뚫린 귀가 있다면 들었겠지."

"그렇다고 사람들을 죽여?"

"내게 칼을 겨눈 너희들은 마물과 다를 바가 없어. 아니면 내가 산맥에서 얌전히 샤사크와 버드에게 죽었어야 옳다는 거냐?"

"더 원만한 해결 방식이 있었을 거다!"

"그래서 지금 바이블은 살려 주겠다고 말하지 않나."

순간 할람의 눈동자가 흔들렸다.

페르노크에게서 6레벨에 이르는 거대한 마력이 흘러나왔던 것이다.

'동급이 아니라고?'

산하 길드에게 전파된 정보가 틀렸다.

페르노크는 최소 6레벨에 혼자서 플랑과 전쟁을 펼칠 만한 학살자였다.

"너희는 살려둘 만한 가치가 있어."

복부로 날아드는 페르노크의 주먹은 느리고 명확하게 포착됐지만 할람은 피하지 못했다.

몸이 늪에 가라앉은 것처럼 무겁게 짓눌렸기 때문이다.

툭.

페르노크가 할람의 명치를 가볍게 밀었다.

"네 마력 부여는 이렇게 써야 한다."

그 상태로 한 발을 앞에 찍으며 허리를 회전시키니 순간 온몸의 마력이 주먹에 빨려 들어가 나선의 기류를 형성한다.

"반발력……."

이 짧은 순간에 페르노크의 기술을 이해했다.

그것이 할람의 마지막 의식이었다.

할람은 실이 끊어진 인형처럼 나풀거리다가 땅에 쓰러

졌고, 피를 토하며 일어서지 못했다.

"더블!"

그때, 소란에 몰려든 군중 사이에서 페르노크의 집중력을 흐트러뜨리는 꺼림칙한 목소리가 들렸다.

"세상에! 진짜 더블이야!"

두 남녀가 걸어 나왔다.

제이크에 못지않은 마력을 가진 이들이었다.

"한 인간의 몸에 전혀 다른 성질의 두 가지 마법이 공존할 수 있다니!"

"성황국의 대신관이나 제국의 공작들이 더블이라는 말도 사실이겠네. 와, 축적강화와 원리부여를 동시에 한다고? 그것도 수준급으로?"

플랑의 산하 길드들이 흠칫 떨며 외쳤다.

"살리오! 엔리!"

이 도시를 삼분하는 A급 길드.

플랑, 자명, 헌팅넷.

페르노크의 서쪽에서 산하 길드를 이끌고 나선 두 명이 바로 자명과 헌팅넷의 길드장들이다.

은빛 갑옷을 입은 성기사 같은 사내, 자명의 살리오는 무기에 마력부여를 하는 축적강화 마법사.

가죽옷을 걸치듯이 입은 적발의 여자, 헌팅넷의 엔리는 독을 덧씌우는 원리부여의 마법사.

둘 모두 6레벨의 은급 용병이다.

리오는 그들이 서로 퀘스트를 공유하며 협동하는 경우가 제법 많다고 했었다.

'꽤 호쾌한 성격에 죽이 잘 맞아서 함께 행동한다. 제이크는 이 둘이 연대할 경우를 우려하여 산하 길드 수를 불려 나갔지.'

하지만 마력이 정돈된 느낌은 제이크보다 아래다.

페르노크가 서슴없이 나타난 이들을 물끄러미 바라보고 있을 때, 플랑의 산하 길드는 파르르 떨고 있었다.

"네, 네놈들이 왜 여기 있어!"

"설마, 우리를 칠 생각……."

"아가리 다물어."

엔리가 내게 시선을 고정시킨 채 말했다.

"네놈들의 새싹 밟기 때문에 쉬지도 못하고 여기까지 온 거니까."

살리오가 덧붙였다.

"시가지에 피해가 확산되지 않도록 막아 달라는 협회의 요청이 있었다."

플랑의 산하 길드가 발악하듯 외쳤다.

"주, 중재는 요청한 적 없어!"

엔리가 코웃음 쳤다.

"웃기고 자빠졌네. 야 이 멍청한 새끼야. 이게 길드전이냐? 니들이 대가리 믿고 한 놈 사냥하려고 나대다가 이 꼴이 됐잖아! 네놈들 복수전 때문에 중재가 있건 없건! 이쪽은 '참관'해야 하는 의무가 있다고!"

"시가지에서 소란이 커질 경우 그에 상응하는 용병들이 참관해서 현장을 통제한다. 이 규칙은 너도 알고 있겠지, 페르노크?"

살리오가 페르노크에게 시선을 돌렸다.

시가지 피해 확대 방지는 실제로 있는 규정이다.

용병들의 일을 용병들끼리 수습하지 못할 경우 성에서 기사단을 파견하기 때문이다.

나라가 개입하는 순간, 용병들의 자유가 제한될 우려가 있기 때문에 되도록 시가지 전투는 삼가는 편이었다.

"물론, 이해하고 있다."

페르노크가 팔짱을 끼며 피식 웃자 살리오의 미간이 꿈틀거렸다.

"알면서 굳이 이곳을 전장으로 삼았단 말인가?"

"어쩌겠나. 혼자인 내가 할 수 있는 방법이 이것뿐인데."

"넌 죄 없는 사람들까지 끌어들였어."

"난 관련 없는 자들에게 단 한 번도 손을 쓰지 않았다. 궁금하면 다시 천천히 살펴봐. 내가 때려눕힌 사람들이 누구인지."

살리오도 처음부터 지켜봐서 알고 있다.

놀랍게도 페르노크는 플랑의 산하 길드 외의 누군가를 상처 입히지 않았다.

'나라면 가능했을까.'

앞에서 적들이 계속 몰아치고, 뒤에는 군중들이 포진해 있다.

어떤 방식을 동원해도 군중들이 휘말리는 건 피할 수 없다.

'놈의 마력 조작은 나나 엔리 이상이다. 제이크보다도 한 수 앞서겠군. 왜 지부장이 우리 둘을 직접 사태 진화에 투입시켰는지 알 것 같아.'

살리오는 냉철하게 상황을 분석했다.

머릿속에서 페르노크의 전투력을 새로 정립시키고, 어떻게 제압해야 할지 최선의 방법을 강구했다.

"왜 용병이 기사들처럼 정의로운 척하는 거야. 지금 날 막는다고 모든 게 끝날 거라고 생각해?"

"크크큭, 확실히 살리오가 꼰대 기질이 있지. 야, 신입! 너 보는 눈이 탁월하구나!"

"엔리! 장난칠 상황 아니다! 성에서 개입하기 전에 끝내야 해!"

엔리가 혀를 차며 고개를 저었다.

"우리가 여기 도착한 시점에서 이미 늦었어."

"설마, 참관인 자격을 포기하겠다는 거냐."

"아니, 이 돌대가리야! 사건이 터진 시점에서 우리 둘이 끼어들어 봐야 의미가 없다고! 샤사크가 주제도 모르고 새싹 밟기를 하기 전에 개입했어야 했단 말이다!"

"우린 산에 있었는데 무슨 수로?"

엔리가 페르노크를 응시했다.

"그래, 당연히 불가능하지. 그래서 이미 늦었다는 거야. 제이크가 한번 건드린 먹잇감 놓치는 거 봤어?"

살리오의 얼굴이 굳어졌다.

"착각하지마. 우린 민간인을 지키려고 온 거야. 저놈 말리는 게 아니라!"

엔리가 북쪽에서 달려오는 거대한 마력을 느끼며 혀를 찼다.

살리오의 표정도 딱딱하게 굳었다.

"하여간 발투스 이 자식. 귀찮은 의무만 시켜!"

"제이크, 이 정신 나간 새끼가!"

살리오가 산하 길드에게 소리쳤다.

"반경 1km 안에 절대 사람을 들이지 마! 엔리! 너는 벽을 세워라! 참관인의 본분을 다해……."

"늦었어. 저놈, 눈 돌아갔다."

폭발하듯 솟구치는 마력은 멀리서도 여실히 느낄 수 있었다.

"야수우우우우우!"

분노에 울부짖으며 도로가 부서지건 말건 거칠게 달려오는 짐승 같은 남자.

핏발 선 눈에 이질적인 마력을 품은 특이계 마법사 제이크는 살리오와 엔리는 눈에 들어오지 않는지 곧장 마력을 전개했다.

쿠그그그그긍!

거리째 페르노크를 집어삼킬 것만 같았다.

"좋군."

분신체의 기억이 아닌, 직접 대면한 제이크에게서 색다른 느낌이 전해진다.

그의 실력이나 상황 때문이 아니다.

영혼 구별로 파악한 녀석의 영혼이 살리오와 엔리보다도 밝게 빛나고 있었다.

분노가 거세질수록 빛도 강렬해진다.

죽이지 않아도 느낄 수 있다.

지금껏 죽인 그 어떤 마법사들보다 양질의 영력을 품고 있다는 걸.

"네가 죽어야 될 이유가 하나 더 추가됐어."

페르노크의 마력이 절정으로 치달았다.

* * *

"곱게 살아서 나갈 생각은 꿈도 꾸지 마라!"

100m 남짓한 거리까지 좁혀졌을 때, 페르노크의 마력이 전신에 스며들었다.

쾅!

가볍게 박찬 지면이 움푹 파였다.

공기가 날카로워질 정도의 속도였지만, 제이크는 지금까지 상대했던 적들과 다르게 페르노크의 동선을 정확히 파악했다.

페르노크의 스텝에 맞춰 제이크가 검지와 중지를 위로 까딱거렸다.

마력 흐름이 포착되기 무섭게 지면이 두 쪽으로 뜯어졌다.

눈 깜빡할 사이에 벽처럼 세워진 돌이 양옆에서 페르노크를 찍어 눌렀다.

마력을 힘껏 담은 양팔을 떨치자 돌이 부서져 가루로 흩날렸다.

순간, 가루가 흑색으로 물들었고 자아를 가진 것처럼 페르노크를 가둬 버렸다.

가루는 폭풍처럼 맹렬히 돌기 시작했다.

그대로 갈려 버리는 게 아닐까 싶은 그때, 폭풍을 뚫고 나온 주먹이 제이크의 가슴을 두들겼다.

쾅!

제이크가 억지로 낙하하여 자세를 잡았고, 폭풍을 찢어발긴 페르노크가 천천히 착지했다.

두 사람은 서로를 노려보았다.

'분명, 분신을 다루는 마법산데 육체 계열도 특기야. 보고가 틀리지 않았다는 건가?'

'중력을 다루는 마법이라고 생각했는데, 뭔가 미묘하게

다르다.'

제이크는 보고와 다르지 않은 페르노크의 모습이.

페르노크는 분신을 통해 파악한 제이크의 마법이.

파악했다고 생각한 것과 다른 상황에 두 사람은 섣불리 움직이지 못했다.

'분신과 육체 강화를 동시에 사용한다!'

'무엇을 다루건 절대 거리를 내주려 하지 않는다.'

탐색에 깊은 고민할 시간조차 없었다.

두 사람은 최소한의 정보를 토대로 움직였다.

'결국, 이놈은 육탄전이 특기야!'

'제이크의 마법은 본인도 휘말릴 수 있어.'

답이 떨어졌고, 동시에 움직였다.

콰콰콰쾅!

제이크 발밑이 갈라지며 무수한 파편들이 떠올랐다.

페르노크는 송곳처럼 다듬어지는 한복판을 질주했다.

"충격에 대비……!"

살리오가 군중들을 지키기 위해 엔리와 장벽을 친 순간이었다.

페르노크는 두 번째 오버 임팩트를 날렸다.

얼마 모으지 않은 타격으로 마력만 덧씌워 제이크를 탐색하려는 용도였다.

그리고 돌덩이들이 가루로 흩날리는 한복판에서 새까만 점들이 제이크에게 모여 다시 역병처럼 증식하는 이

질적인 형태를 확실히 파악했다.

"……더블이었나!"

제이크는 페르노크가 복수의 마법을 보유한 동급의 마법사라고 판단.

자신의 마법을 서슴없이 드러냈다.

'제이크의 마법은 색에 닿은 것들을 모조리 통제한다. 마력조차 강제로 조작할 수 있어.'

설령 그것이 마력이라 할지라도 마치 질병처럼 자신의 양식으로 삼아 크게 확산한다.

이 특이형 마법은 수축과 확장을 동시에 시행할 수 있다.

조금이라도 한눈을 팔았다가 점 하나 찍히는 순간, 제이크의 마력 통제를 받게 된다.

그건 장악이 아닌 침식에 가까운 느낌일 것이다.

"길드장님!"

플랑의 간부들이 도착하기 시작했고, 페르노크의 눈앞이 살짝 흐릿해졌다.

예상보다 빠른 대응이었고, 제이크의 마법이 생각보다 이질적이라 다소 무리했다.

6레벨에 이른 마력을 갈무리할 시간이 주어진다면 좋겠지만, 이미 살리오와 엔리의 통제가 들어간 상황에서 도망은 불가능했다.

숨 돌릴 틈 없이 제이크와 길드를 상대해야 한다.

하지만 제이크라고 하여 상황이 좋진 않았다.

"마법을 집중해!"

그 역시 이곳까지 무리하게 오느라 지친 상태였다.

가장 핵심인 그가 피로감을 느끼고 산하 길드원 지휘를 위주로 태세를 전환한다면 오히려 페르노크에게 호기가 될 수 있다.

페르노크는 전투 중에 마력과 영력을 흡수할 수 있으니까.

콰드득!

"아아아악!"

선두의 가드들이 처박힘과 동시에 마법이 날아왔다.

페르노크는 육체의 마법 저항력에 의지하여 과감히 돌진했다.

할퀴고 간 마법들이 연쇄 폭발을 일으켰다.

제이크와 싸운 여파인지 저급한 마법임에도 속이 살짝 울렁거렸다.

오랜만에 느껴 보는 위기감에 몸은 점점 달아오르고, 감각이 확장되어 간다.

동화율 - 19.2%

전투가 페르노크를 각성시킨다.

적들의 두려움을 만끽하며 피로 흠뻑 적셔지는 달아오

르는 느낌.

뜨겁고 날카롭다.

"가드는 물러나라! 캐스팅 끝난 마법사들이 바로 몰아쳐!"

제이크는 산하 길드원들의 희생으로 플랑 간부진들의 포진을 완성했다.

그리고 6레벨 마법사라는 사실을 과시하듯 그도 빠른 마력 회복 속도를 자랑하며 바로 전투에 돌입했다.

반면, 페르노크는 산하 길드까지 처리하면서 피로가 머리끝까지 차오른 상태였다.

하지만 과열화된 그의 육신은 몰려오는 마력 앞에 또 한 번의 탈피를 시작했다.

'오버 임팩트에 마력과 영력을 덧씌우는 게 가능했다. 그럼 마력을 베이스로 내 영력의 일부를 섞어 버리는 건 어떨까.'

궁지에 몰려 한계까지 쥐어짜 내야 하는 상황.

페르노크는 지금껏 시도해 본 적 없는 발상을 떠올렸다.

확장된 마력 속에 영력이 스며든 순간.

콰앙!

"……!"

제이크는 한순간 페르노크의 움직임을 놓쳤다.

새하얀 섬광이 도처에서 번뜩이며, 길드원들을 포함한

누구도 그 속도에 반응하지 못했다.

“이 빌어먹을 새끼가!”

제이크의 검은 점이 한곳에 모였다.

사각지대의 방어마저 포기한 결과물은 새까만 구체였다.

“공간 확장?”

“우리까지 죽이겠다는 거냐, 이 미친놈아!”

살리오와 엔리는 그 흉흉한 구체를 한 번 경험했었다.

위험하다는 표현으로도 부족한 파괴의 산물.

“멈춰, 이 새끼야!”

엔리가 비명처럼 내지르는 소리를 무시하며 제이크가 주먹만 해진 구체를 가슴 앞에 띄웠다.

주위의 마력까지 구체로 빨려 들어가는 그 순간, 제이크의 혼이 보다 밝은 빛을 흩뿌린다.

‘이게 네놈의 최대치인가.’

죽음을 각오한 영혼이 내보이는 거대한 빛.

완벽하게 익어 버린 먹잇감을 향해 페르노크가 질주했다.

미약한 영력이 섞였을 뿐인데, 마력은 몇 배나 증폭되어 폭발적인 가속력을 페르노크에게 선사했다.

빗물처럼 쏟아지는 플랑 간부들의 마법마저 느리게 보이는 시간을 달렸다.

그리고.

"사라져라!"

어둠이 시간을 삼켰다.

확산된 구체는 밤보다 짙은 어둠으로 사람들과 장벽까지 먹어 치웠다.

"부숴!"

"이런 젠장!"

개입하지 않겠다고 선언했던 살리오와 엔리가 기겁하며 마력을 중앙으로 전환시킨 순간.

페르노크의 주먹과 플랑 간부들의 마력이 쏟아져 한 곳에 뒤엉켰다.

그리고 모든 이들의 마력이 뒤섞여 폭발했다.

콰아아아앙!

어둠이 껍데기 깨지듯 갈라졌다.

페르노크는 입가에 한 줄기 피를 흘리며 밀려났다.

살리오와 엔리는 새하얗게 질린 얼굴로 숨을 몰아쉬었다.

튕겨 나간 제이크는 플랑의 간부들이 힘겹게 받았다.

"헉, 헉, 헉. 비켜!"

제이크가 거칠게 발버둥 치자, 간부들이 피를 게워 내며 만류했다.

"이 새끼, 참관인들까지 죽이려고 해?"

"지금 규칙을 어기는 거냐, 제이크!"

엔리와 살리오가 분노하자, 그들의 길드원들이 튀어나왔다.

"비키라고오오오!"

하지만 제이크는 주변 상황을 더 이상 신경 쓰지 않았다.

플랑의 간부들은 상황이 최악을 넘어 극단적으로 치닫고 있음을 깨달았다.

자칫 페르노크와 플랑의 전쟁이 A급 길드들 간의 항쟁으로 번질 수 있는 상황이었다.

페르노크도 여기까지 의도한 건 아니었다.

'참관인이라는 변수가 묘하게 작용하는군.'

처음 섞어 본 마력과 영력 조합에 육신이 비명을 내지른다.

방금 전 거대한 충돌은 마력강체술이라고 해서 모두 흡수할 성질이 아니었다.

하지만 단 한 번. 제이크의 목을 칠 여력은 남아 있다.

'내가 이용해 먹기 좋은 상황은 맞아. 하지만…….'

제이크를 죽이고 난 뒤에 그 길드원들이 분노해서 모든 포화를 집중한다면 페르노크는 막을 여력이 없다.

다른 A급 길드도 상황을 악화시키는 페르노크를 용납하려 하지 않을 것이다.

'이놈들을 모두 상대하면서 제이크까지 죽일 방법.'

페르노크가 유일한 돌파구를 계산하고 있을 때, 일단의 군마가 들이닥쳤다.

"그만!"

선두의 중갑옷 사내가 말에서 외쳤다.

성의 기사단을 상징하는 증표가 갑옷에 찍혀 있었다.

분노에 몸부림치던 제이크도 증표를 바라보곤 다소 이성을 되찾은 듯했다.

"베이든 경!"

"이 밤중에 지독한 살인이 벌어졌구나!"

"저놈입니다! 페르노크! 저놈이 죄 없는 용병들을 학살하고 있습니다! 제가 단죄하겠습니다! 지켜봐 주십시오!"

"저자는 성으로 데려가겠다."

그때, 살리오가 나섰다.

"실례지만 베이든 경, 이곳의 통제는 저희들이 하겠습니다."

베이든의 미간이 꿈틀거렸다.

"살리오 길드장, 지금 백성이 죽어 나가는데 우리보고 관망하란 말이오?"

"모든 것은 양측의 합의하에 이뤄진 결과입니다."

"성에선 이 소란을 지금 보고받았소!"

"미리 말씀드리지 못해서 죄송합니다. 하지만 이건 용병들의 관례입니다. 모든 피해는 이 일을 벌인 당사자들이 책임지고 마무리 지을 것입니다."

베이든이 이맛살을 찌푸렸다.

"듣기 싫다! 영주님께서 직접 당사자를 포박해 오라고 하셨으니, 그대들의 일은 모든 조사가 끝난 뒤에 마무리

지으라!"

영주까지 나섰다는 말에 살리오와 엔리가 고개를 갸웃했다.

그건 제이크도 마찬가지였다.

이곳의 성주는 플랑과 아주 긴밀한 관계였기 때문이다.

같이 합심해서 페르노크를 죽여도 모자랄 판에 따로 압송한다고 하자 무척이나 혼란스러운 표정이었다.

"뭐 하느냐! 당장 용의자를 포박하지 않고!"

"까드득!"

제이크가 핏발 선 눈으로 페르노크를 노려보았다.

그의 눈빛은 계속 이어서 싸우자고 얘기하는 듯했다.

그때, 페르노크에게 다가온 베이든의 부관이 속삭였다.

"그대의 종자가 성에서 기다리고 있소."

"종자?"

페르노크는 문득 리오를 떠올렸다.

"아무리 봐도 제이크를 죽이면 당신도 죽을 것 같은데, 이대로 감정만 앞세우시겠소?"

플랑의 정예 간부들과 남은 산하 길드들이 페르노크의 예상보다 빠른 속도로 모여들었다.

살리오와 엔리가 전투에 개입해 버리는 바람에 상황이 지체되었다.

더 이상의 소란은 페르노크에게도 이로울 것이 없었다.

"나와라! 페르노크!"

아쉽지만 오늘은 여기까지였다.

'제이크의 마법과 실력은 파악했으니, 차후 얼마든지 죽일 수 있다.'

기껏 살아남은 목숨.

언제든 먹어 치울 수 있는 사냥감을 성급하게 죽이려고 위험을 감수할 순 없다.

계산을 끝낸 페르노크가 차분히 감정을 가라앉혔다.

"결판을 짓자, 페르노크!"

페르노크가 피식 웃었다.

"혼자서 되겠어?"

제이크의 이마에 혈관이 솟구쳤다.

"야수우우우우!"

절규하는 놈을 뒤로하고 페르노크는 부관에게 양손을 내밀었다.

족쇄가 채워지자 몸이 비틀거렸다.

지친 모습을 제이크에게 보여 주지 않겠다는 듯 부관이 페르노크의 등을 지켜 줬다.

"성주님께 잘 말씀드려 달라고."

심지어 웃기까지 한다.

대체 리오가 무슨 수로 이 기사들을 내게 호위처럼 붙인 걸까.

"죄인을 압송한다!"

페르노크는 기사단을 따라 성으로 향했다.

폭풍이 사라진 뒤의 멍한 시선들만이 그 뒤를 쫓을 뿐이었다.

* * *

성에 도착하자마자 부관은 페르노크의 족쇄를 풀어 줬다.

그리고 안내를 받아 영주 집무실로 들어갔는데, 리오가 정복 차림의 중년사내와 마주 앉아 있었다.

묘한 조합에 페르노크가 멀뚱히 서 있자 중년 사내가 먼저 일어나 다가왔다.

"신임 성주로 발령받을 보든이라고 한다네."

"이곳의 성주는 바크 백작이 아닌가?"

"그 죄인은 지금 감옥에 있어. 횡령한 게 많아서 내일 오전에 왕국으로 압송될 거야. 그리고 내가 새로 부임한 사실이 백성들에게 알려지겠지. 그전에 나는 자네를 만나 보고 싶었어. 저 사기꾼 녀석이 황금알을 낳는 거위라고 자네를 내게 소개했거든."

페르노크가 리오에게 시선을 돌렸다.

리오가 차를 마시며 태연하게 말했다.

"페르노크 님의 계획을 보완할 마지막 요소. 저는 기존

성의 인사들을 갈아 치워야 한다고 판단했습니다."

리오가 독자적으로 움직이며 꾸민 계획이 페르노크의 탄성을 자아냈다.

"이곳의 세력은 성, 길드, 협회. 이 3곳이 팽팽하게 균형을 이루고 있습니다. 겉으로 보기엔 말이죠."

리오는 이곳에 온 첫날부터 정보를 수집했다.

그리고 몇 개의 자금이 성과 긴밀하게 연결되어 있음을 파악했다.

"플랑이 바크 백작에게 지속적인 상납금을 바치고 있더군요. 사실상 그는 산하 길드를 늘리며 성의 협조까지 받는 유리한 위치를 선점하고 있었습니다."

"그래서 너는 내 판의 보완점으로 성을 택했다는 거냐?"

"예. 플랑의 기존 사업권을 협회에 받아 챙기며, 성의 커넥션을 이쪽으로 돌리게 된다면, 페르노크 님께서 바라시는 거점을 확보하게 되는 것일 테니까요. 그래서 가장 좋은 파트너인 보든 백작님을 섭외했습니다."

"어떻게 귀족을 알고 있었지?"

"예전에 귀족들 상대로 장난치다가 만난 분입니다. 이득만 잘 맞아떨어지면 누구보다 신뢰감이 두텁게 형성되죠."

"네가 귀족을 이런 금싸라기 땅에 꽂을 만한 능력이 있었다고?"

"저는 비리를 들춰낸 겁니다. 먹이 하나를 풀어 줬고,

보든 백작님이 집요하게 파고들어 바크 백작을 실추시켰죠. 이분의 능력은 대단합니다. 우리와 함께하기에 충분하지 않습니까?"

"크흠, 본인 앞에서 너무 기회주의자처럼 만드는군."

보든은 멋쩍게 웃었지만 페르노크를 낮춰 보지 않았다.

이곳에 들어선 순간부터 페르노크를 자신과 함께할 동업자로 여긴 것이다.

"보든 백작님은 페르노크 님께서 플랑을 상대로 밀어붙이는 모습을 아주 감명 깊게 보셨습니다. 발투스 지부장도 설득됐죠. 오늘 밤의 소란은 페르노크 님을 영웅적인 면모로 재탄생시킬 것이기에, 모든 국면이 우리를 향해 웃어 주고 있습니다."

"아주 자연스럽게 성과 협회의 협력을 이끌어 냈군."

"모두 페르노크 님께서 상상을 초월한 행동력을 보여 주신 덕분입니다."

"이 정도까지 내 판에 뛰어들었다는 건, 네 답이 이미 정해졌다고 생각해도 되겠나?"

리오가 페르노크 앞에 한쪽 무릎을 꿇었다.

"저도 페르노크 님을 도와 큰 꿈을 이뤄 보겠습니다."

* * *

리오도 자신의 능력을 증명했다.

페르노크가 마다할 이유가 없었다.

"이 일을 끝내고 깊은 대화를 나누도록 하지."

"예!"

페르노크가 깊이 호흡하며 몸 상태를 점검했다.

쓰라림이 밀려오지만 한숨 쉬고 나면 가볍게 털어 낼 수 있다.

"이틀 뒤에 제이크를 마무리한다."

보든이 페르노크에게 흥미로운 시선을 보냈다.

"과감한 방식은 좋아. 하지만 오늘 같은 개입을 두 번이나 할 순 없어. 혼자서 플랑 전체를 감당할 수 있겠나?

"문제없다."

마력을 모조리 비운 덕분일까.

갈증 난 짐승이 물을 들이켜듯 회복되는 속도가 이전보다 빠르다.

한계까지 끌어낸 전투가 제이크뿐만 아니라, 페르노크도 각성시켰다.

6레벨에 도달한 마력이 루인의 가르침을 따라 유기적으로 얽히며 영력까지 스며들 준비를 마쳤다.

"괜한 사람 끌어들이지 않게 성에서 직접 통제해."

"차라리 구역 하나를 지정해 줄까? 참관인이랍시고 용병들 데려오는 것보단 기사를 배치하는 편이 더 나을 것 같은데?"

어떻게든 좋은 인상을 심어 주려는 보든에게 페르노크

가 피식 웃었다.

"휘말려도 책임 못 져."

* * *

제이크는 날이 밝자마자 성으로 찾아왔다.

성주와 직접 담판 짓고 페르노크를 넘겨받으려던 그는 충격적인 장면을 목격했다.

"성주……?"

눈을 씻고 다시 봐도 바크 백작이 가신들과 함께 호송되고 있었다.

꿈이라도 꾸는 건가 싶을 때, 말을 탄 보든이 다가왔다.

"자네는 누군가?"

제이크는 영주의 휘장이 보든에게 달려 있음을 보았다.

이해할 수 없는 상황에도 정중히 예의를 갖췄다.

"플랑의 제이크라고 합니다."

"아, 이 성에 셋밖에 없다던 A급 길드?"

"그렇습니다."

"신임 성주 보든일세."

"바크 백작님은……."

"그 죄인은 왕도로 압송할 것이네."

"죄인이라니요?"

"전임 성주와 가신들은 이곳에서 국세를 빼돌렸어. 대체 어떤 식으로 배를 불려 나갔는지 면밀히 조사할 생각이라네."

제이크의 가슴이 싸늘해졌다.

전임 성주에게 줄곧 뇌물을 바치며, 산맥의 자리를 차지해 나갔던 게 바로 플랑이었다.

연관되었다는 말이 조금이라도 흘러나오는 날엔 엄벌이 내려질지도 몰랐다.

'그럼 이자가 바크를 대신해 새로 부임한 영주?'

아무 소식도 듣지 못했다.

그렇기에 뜬금없는 만남이 가져다준 충격은 제이크를 혼란으로 밀어 넣었다.

"그런데 자네는 왜 이곳에 왔는가?"

"어젯밤 성에서 잡아들인 범죄자 때문입니다."

"어젯밤이라면…… 아! 그 동급 용병?"

제이크의 눈동자에서 서슬 퍼런 빛이 번뜩였다.

"맞습니다. 저희 길드원들을 죽인 살인자입니다."

"내가 깜빡했군. 맞아, 플랑과 부딪혔다는 보고를 받았는데, 그게 자네들이었구먼."

보든이 고개를 끄덕이며 수염을 쓰다듬었다.

"성에서 소란을 피운 이유가 무엇인지 면밀히 조사한 후에 처벌할걸세."

제이크가 입술을 잘근 깨물었다.

'신임 영주…… 호락호락하지 않겠군.'

바크는 욕심 많은 돼지였다. 반면 보든은 그와 비슷해 보이면서 완고한 면이 있다.

쉽지 않은 부류였다.

"이미 수많은 사람들이 죽었습니다! 저희가 처리하도록 도와주십시오!"

"그 또한 보고받았네. 흔히 용병들의 관례라고 한다지?"

"그렇……."

"곤란하게도 나는 이 성에 오늘 부임했네. 첫 사건부터 자네들의 관례를 무조건 용인할 수 없지 않은가. 무슨 말을 하고 싶은지는 알겠으니, 지금은 내 판결을 기다리게."

보든이 더는 할 말 없다는 듯 그대로 말머리를 돌렸다.

제이크는 치를 떨면서도 보든을 붙잡지 못했다.

'뭐가 이렇게 꼬이는 거야!'

바크에게 페르노크를 넘겨받을 생각이었지만, 정작 바크가 죄인으로 압송당했다.

뇌물 조사까지 들어가고 있으니 플랑도 대상에 포함될 것이다.

페르노크를 죽여야 하고, 플랑도 지켜야 한다.

하지만 성이라는 버팀목이 사라지자 머리가 어지러웠다.

"길드장님, 어떻게 할까요?"

제이크가 이를 갈며 말했다.

"일단 돌아간다. 그리고 신임 성주를 조사해. 작은 부스러기 하나 놓치지 말고 샅샅이 뒤져!"

"네!"

결국 제이크는 별다른 소득도 챙기지 못한 채 혼란스러운 몸을 돌려야만 했다.

* * *

한밤의 소란이 몰고 온 파장은 후폭풍이 되어 더욱 거세게 몰아쳤다.

"듣자 하니 플랑이 억지로 야수를 몰아붙였다는데?"

"맞아. 산하 길드까지 나서서 퀘스트 수행도 못하게 만들었다고 하더라고."

"그건 약관 위반 아니야? 퀘스트 수행 시 자리다툼은 하지 말라고 협회에서 못 박아 뒀잖아."

"먼저 협박한 것도 플랑과 산하 길드였대!"

"산맥이랑 성에 산하 길드가 집결해 있지 않았었나. 그게 다 야수를 죽이려고 함정을 파 놓은 거라더군."

"쯧쯧, 지독하기도 해라."

"욕심이 지나치면 화를 부르는 법이지."

"아니, 그런데 야수는 적급에서 시작하지 않았어? 왜 이렇게 강한 거야?"

"심지어 더블이래!"

플랑을 향한 흉흉한 소문과 페르노크를 찬양하는 시선이 퍼지기 시작했다.

플랑은 으름장을 놓을 시간조차 없었다.

이틀이 지났을 무렵, 예상된 악재가 찾아왔기 때문이다.

[전임 성주는 국세를 사사로이 사용할 뿐만 아니라, A급 길드 플랑의 뒤를 봐주며 이익을 챙겨 왔다.

플랑이 산맥의 동쪽과 서쪽에 이르는 자유로운 모험을 '독점'하게 된 이유가 여기에 있다고 판단한 바.

플랑의 길드마스터 제이크는 죄인과의 유착 관계를 성에서 해명하라.]

성에서 기사가 나와 제이크를 압송하는 장면을 용병들이 지켜보았다.

양손에 수갑이 채워진 제이크의 모습은 지독하리만치 냉정했다.

하지만 그들은 느끼고 있었다.

제이크는 지금 살짝만 건드려도 폭발할 상태까지 몰렸음을.

* * *

"저는 아무것도 모릅니다."

제이크는 반나절 동안 똑같은 말만 반복했다.

보든은 짜증 내는 기색 없이 형식적으로 말했다.

"사실대로 말하면 형량을 낮춰 주마."

"성주의 지독한 요구로 한때 마음이 흔들리기도 했었습니다. 하지만 자릿세라니요? 저희가 그런 뇌물이나 바칠 저급한 길드로 보이십니까?"

"바크가 재산을 불려 나간 시기와 플랑이 A급 길드로 발돋움한 시기가 꽤 겹치더군."

"억측이십니다. 증거를 가져와 주십시오."

"별실에서 조용히 만난 모습을 포착했다는 측근의 증언이 있었다."

"증인을 직접 보고 싶습니다."

"법정에서 보게 될 거야."

"고작 말 한마디로 저를 벌하시겠다는 겁니까?"

"잡아떼도 상관없다. 왕도에서 바크를 사형시키겠다는 지엄한 왕명이 떨어졌으니까."

제이크의 눈썹이 꿈틀거렸다.

"자네도 굉장히 유명해졌어. 바크가 하도 자네 이름을 어전에서 떠들어 댔거든. 귀족 중에 플랑의 이름을 모르는 자가 없을 거야."

"성주……."

"내가 아무 증거도 없이 6레벨 마법사를 데려왔겠나? 그 수하들까지 모조리 다?"

“…….”

“참회할 기회를 주려고 했지만, 본인이 싫다니 어쩔 수 없지. 네놈 마음은 내가 잘 새겨 두마.”

보든이 싸늘하게 웃으며 감옥을 떠났다.

함께 갇힌 정예 간부들이 쇠창살을 두드리며 소리쳤다.

“길드장님! 이게 어떻게 된 일입니까!”

“저희 모두 사형당하는 겁니까!”

제이크는 그 자리에 앉아 입만 꾹 다물었다.

아무리 생각해도 이상했다.

이곳에 갇혀 있어야 할 페르노크가 코빼기도 보이지 않았을뿐더러, 제이크가 정예 간부들과 붙잡혀 오기 전까지 계속 플랑에 대한 적대적인 소문이 흘러나왔다.

‘모든 일이 한 번에 벌어졌다. 나를 철저히 말살하려는 것처럼…….’

절대 우연일 수 없다.

누군가가 있다.

플랑을 지워 버리려고 성까지 부추긴 세력이…….

제이크의 고민이 깊어질 때였다.

끼이익!

제이크의 상념을 깨뜨리는 기분 나쁜 소리가 감옥으로 흘러 들어왔다.

제이크가 고개를 들어 올렸다.

"페르노크……?"

먼저 성으로 붙잡혀 왔던 그가 너무나 멀쩡한 모습으로 쇠창살 앞에 섰다.

"충분히 쉬었겠지?"

그 순간, 모든 사고가 하나로 정리되었다.

"네놈…… 네놈이었냐?"

페르노크의 미소를 본 순간, 제이크는 온몸에 소름이 돋았다.

"그래. 아무리 생각해도 이상했어. 육체 강화 마법사인 줄 알았던 네놈은 분신이라는 마법까지 사용하는 '더블'이었지. 세력 하나 없음에도 당당히 활보할 수 있던 이유는 그 뒤에 보든을 뒀기 때문이렷다."

제이크의 추측은 전부 틀렸다.

"네놈 보든의 기사더냐?"

아무래도 제이크는 페르노크가 처음부터 플랑을 집어삼키려고 성에서 파견한 르젠 왕국의 비밀 요원 정도로 여기는 듯했다.

보든이 바크를 성으로 압송하고 대신 플랑을 가뒀으니 이리 착각할 법도 하다.

"하루아침에 고레벨 마법사가 용병에 뛰어들 리가 없지. 처음부터 모두 계획된 거였어! 르젠 왕국은 기어이 용병단을 창설하려 하는구나! 내가 일군 모든 것을 집어

삼켜서!"

"정신병도 그 정도면 수준급인데."

"닥쳐! 이 수치도 모르는 개자식!"

제이크가 이를 갈았다.

"협회는 이를 결코 간과하지 않을 거다."

"간과하지 않으면 뭘 어쩔 수 있나?"

"네놈을 죽이고 모든 진상을 밝히면 돼!"

감옥을 부술 정도로 격렬한 전투가 발생한다면, 당연히 그 책임을 두 사람에게 물을 것이다.

하지만 죽은 자는 말이 없는 법.

방어권을 구사했다며 죽은 자를 몰아갈 수 있다.

승자가 곧 정의다.

제이크가 몸을 일으켰다.

"처음부터 어렵게 돌아갈 필요가 없었어. 이긴 놈이 살아남고, 지는 놈이 죽는다."

"처음으로 마음에 정신 박힌 소리를 하는군."

페르노크가 피식 웃자, 제이크의 분노가 머리끝까지 솟구쳤다.

가볍게 마력을 불어넣자 족쇄가 뜯겨 나갔다.

"모든 간부는 들어라."

쇠창살이 부서졌다.

아무것도 가로막히지 않은 공간에서 두 사람은 서로를 마주 보았다.

그리고 제이크가 마력을 폭발시키며 외쳤다.

"페르노크를 죽이고, 이 성을 빠져나간다!"

사방에서 터져 나온 마력이 페르노크에게 집중되었다.

동시에 페르노크가 마력강체술을 끌어 올렸다.

콰아아아아앙!

뒤섞인 마법이 감옥을 붕괴시키면서 정예 길드원 넷을 죽이고, 살아남은 자들을 허공에 띄웠다.

정예 길드원들이 손도 못 쓰고 당할 정도로 강력한 마력.

페르노크는 이틀 만에 6레벨의 마력을 자신의 것으로 완벽히 가다듬었다.

이틀 전까지만 해도 연계 마법을 대응조차 못 했던 비실한 모습과 차원이 달랐다.

하지만 제이크는 더 이상 당황하지 않았다.

수많은 변수마저 뚫어 버릴 생각인 듯 바로 검은 구체를 생성했다.

"공중에선 피할 길이 없을 터!"

성에 소란을 발생시켰다.

기사단이 도착하는 순간 불리해지는 건 제이크였다.

시간을 지연시킬 생각이 없는 그가 모든 마력을 모아 절대적인 파괴의 구체를 터트렸다.

"잠겨라!"

어둠이 석양을 삼켰다.

세상에 장막이라도 드리운 것처럼 빛 한 점 통과되지 않았다.

페르노크가 완전한 어둠에 잠식당하는 것을 본 제이크가 승리를 확신했다.

'구체에 갇힌 순간, 네놈의 생사는 모두 내 손에 좌우된다!'

제이크의 특이형 마법은 점에서 시작된다.

점에 닿은 것들을 모조리 통제되고, 구체를 이루는 순간 이 능력은 공간 장악으로 한계치가 상승한다.

상대는 공간의 압력을 한 몸에 받아 찌부러진다.

살리오와 엔리가 기를 쓰고 빠져나오려던 이유가 이 때문이었다.

그 덕분에 페르노크는 이 특이형 마법의 파훼법을 깨달았다.

'일격 승부.'

일반적인 마력 줄다리기가 아니라, 거대한 마력의 충돌로 공간을 부숴야 한다.

공간이 거북할 정도의 강렬한 마법을 시전해야 한다.

'내가 가진 모든 마법을 통틀어도 이것에 비할 수단이 없다.'

페르노크가 주먹을 꽉 말아 쥐자 글러브에서 섬광이 피어올랐다.

쉐에에엑!

사방에서 어둠이 가시처럼 다듬어져 쏘아진다.

소나기가 퍼붓듯 일말의 틈도 없다.

마력까지 갉아먹는 구체 속에서 섬광의 빛은 희미해지고 마력강체술이 깨져 나간다.

압력이 뼈마디를 침투하여 몸속 마력을 모조리 집어삼킨 그 순간.

'뭐지?'

제이크는 마력이 아닌 희뿌연 무언가를 목격했다.

'마력은 사용하는 즉시 이 공간에 삼켜진다. 녀석이 7레벨 마법사가 아닌 이상 이 법칙을 절대 깨뜨리진 못해. 그런데 저건 뭐야? 대체 왜……?'

연기처럼 가느다란 그것이 페르노크의 글러브에 흡수되자 빛이 강렬한 섬광으로 매섭게 타올랐다.

오버 임팩트.

동화율 19퍼센트의 영력을 모조리 끌어모아 아티펙트의 한계를 강제적으로 끌어 올렸다.

섬광은 마치 불처럼 타올랐다.

그것은 어둠 속에 피어오른 새하얀 눈동자와도 같아서, 시야에 닿는 모든 것들을 지워 나갔다.

콰아아아아아아앙!

업화의 화신이 새하얀 불길을 토하자, 어둠은 퍼즐 조

각처럼 깨져 나갔다.

"살려……!"

제이크의 장막도 모자라 플랑의 정예 간부들까지 집어 삼키고 지면을 태워 버린다.

"으아아아아아!"

제이크가 악을 내지르며 남은 마력을 긁어모아 보지만, 막을 수 없었다.

쿵!

등줄기에 소름 끼치는 소리가 타고 올랐다.

제이크가 반사적으로 몸을 돌림과 동시에.

콰득!

그의 가슴을 페르노크의 손날이 관통했다.

"……."

제이크가 황망한 눈으로 휑한 가슴을 바라보았다.

보통의 마법은 시전자가 계속 마력을 주입시켜야 한다.

원리부여를 유지하기 위한 정신력 소모가 극심하기 때문이다.

하지만 페르노크는 강렬한 마법을 정면에서 퍼부으며 반대편에서 제이크를 꿰뚫었다.

마법을 동시에 전개하고, 유지하며, 서로 다른 생물체처럼 유기적으로 움직이게 하는 사고력.

그건 마도사와 비견될 만한 정신력이었다.

"후우우."

사신의 숨결이 귓가에 파고든다.

페르노크가 손을 빼기 무섭게 제이크가 앞으로 허물어졌다.

뻥 뚫린 가슴에서 흘러나온 피가 바닥에 웅덩이를 만들었다.

[밤 Lv.6]

마력을 양식으로 확산되는 점이 모든 사물을 통제한다.

점은 공간으로 확산되어 흡수한 자들의 마력을 흡수하며 유지된다.

시전자를 제외한 점에 속한 모든 것들이 찌부러진다.

좋은 마법이다.

하지만 이것보다 페르노크를 더 흥분되게 만든 건 바로 영력이었다.

동화율 - 20%

가늘게 뽑혀 나오던 영력이 이젠 물줄기처럼 흘러나올 정도로 페르노크의 한계를 넓혔다.

"대, 대단하군!"

사태가 일단락되자 보든이 기사단을 끌고 찾아왔다.

"부상자는?"

"없네. 자네 말처럼 주위를 비운 덕분이네. 그런데……."

보든은 식어 가는 제이크의 시체를 내려다보며 말을 잇지 못했다.

페르노크가 감옥에서 한판 날뛸 거라고 말했었지만, 이토록 일방적인 결과가 나올지는 예상 못 했다.

혹시 몰라 준비한 기사단마저 페르노크에게 경악하고 있었다.

"보다시피 성에서 개입할 명분은 만들어 놨어. 기사단도 모였으니 잘됐군."

페르노크가 성 밖에 있을 플랑의 잔병들을 생각하며 무심히 말했다.

"모두 정리해."

* * *

보든이 기사단을 이끌고 직접 진두지휘했다.

"플랑과 산하 길드들을 모두 압송하라!"

성에서 난동 피운 죄를 추궁한다는 명분이 주어졌다.

기사단은 거리낄 것 없이 용병들을 성으로 끌고 왔다.

페르노크는 성주 집무실에서 줄줄이 끌려 들어오는 용병들을 내려다보고 있었다.

"참관인들이 보기엔 어땠나. 누가 먼저 선공을 취했지?"

대답은 소파에 앉은 두 사람에게서 흘러나왔다.

“제이크.”

“아무리 미친 새끼라도 성에서 난동을 피울 줄 어떻게 알았겠어?”

살리오와 엔리였다.

“그런데 페르노크. 너는 어떻게 제이크가 이곳에서 소란을 피울 거라고 생각했지?”

“마치 다 알고 우리를 부른 것처럼 말이야.”

페르노크는 아침에 두 사람을 성으로 초대했다.

제이크가 날뛸 경우 과실 여부를 정확히 판단해서 협회에 전달해 달라는 부탁이었다.

두 사람은 처음에 의아했다.

제이크가 아무리 분노에 잠식당해도 성에서 난동을 피울 정도로 사리 분별을 못 하는 사람이 아니기 때문이었다.

하지만 두 사람의 예상은 멋지게 빗나갔다.

지면을 뚫고 나온 거대한 마력은 제이크의 것이었고, 페르노크는 뒤늦게 대처했다.

선공을 취한 사람이 제이크였으니, 더 고민할 필요도 없었다.

죄가 드러나자 도주를 꾀한 제이크를 페르노크가 성에서 제압했다.

끌려온 용병들이 협회의 도움도 받지 못하도록 완벽한 파멸로 이끌 명분이었다.

여기에 참관인 두 사람의 증언이 더해지면서 그들이 빠져나갈 구멍은 더 이상 존재하지 않았다.

"제이크는 바크 백작과 모종의 커넥션이 있었다. 한데, 그 바크가 수도로 끌려가 사형당할 위기에 처하니 막다른 골목에 몰린 제이크가 어찌 행동하겠나."

페르노크가 집무실 안으로 고개를 돌렸다.

"당연한 결과였다고 말하기엔 석연치 않은 부분이 있다."

살리오가 페르노크를 무심히 쳐다보았다.

"분명 넌 5레벨 마법사라고 판별됐었다. 어떻게 제이크와 간부들까지 상대할 수 있었지?"

"얼마 전에 벽을 넘었다."

"동화 같은 얘기로군. 심지어 신임 성주의 전폭적인 지지까지 받으면서 말이야."

"한 가지 짚고 넘어가지. 용병 일을 하게 된 건 어디까지나 내 의지다."

"A급 길드 하나를 단숨에 실각시켜 버린 행동이 아무런 지원도 받지 않은 자에게서 나오리라 생각하라는 건 너무 양심이 없는 발언 아닌가?"

"가만히 사냥하던 나를 먼저 공격한 건 샤사크였다."

"단독으로 돌아다니는 인재에 군침 흘릴 수밖에 없는

상황이었지."

"가해자의 입장을 변호할 생각이라면 뭣 하러 참관인에 뛰어들었나."

"좀 더 유연한 대처가 가능했음에도, 일부러 과격한 방식을 추구한 이유가 의심스럽다는 뜻이다."

"저들의 적의가 날 향했는데, 얌전히 당하라고? 나는 목에 칼을 들이댄 자를 아무 이유 없이 살려 둘 정도로 상냥하지 않아."

살리오가 페르노크를 물끄러미 바라보았다.

'종잡을 수 없는 놈이군.'

단순히 감정적으로 움직이는 타입은 아니다.

뭔가 과격해 보이는데 유연하다.

상반된 느낌을 주는 페르노크에게 결국 상황은 유리하게 넘어간다.

"그리고 그건 너희들이라고 해서 예외는 아니다."

페르노크가 상석에 앉았다.

"플랑은 무너졌고, 나는 이제 그 자리를 이어받으려고 한다."

"뭐?"

"산맥 동쪽을 지배하던 거대 길드가 사라졌다. 그곳이 난장판이 될지도 모른다는 우려가 감돌고 있어서, 나는 협회에 마물 소재 공방을 넘겨받는 조건으로 길드를 창설하겠다고 약속했지."

"……!"

놀란 눈을 크게 뜨는 두 사람에게 페르노크가 웃어 보였다.

"너희들은 어떤가? 제이크가 무너진 이 시점에 A급 둘이 남겨진 상태로 쭉 관계를 이어 갈 거라고 생각하나?"

"무슨 말이 하고 싶은 거냐."

살리오의 물음에 페르노크는 덤덤히 답했다.

"날 부추긴 건 제이크였지만, 길드를 창설한 이상 어중간한 상태에 머무르지 않겠다."

"그 말은 우리와도 충돌을 감행하겠다는 의지로 들리는데?"

"마물 소재 사업권을 허락받은 이상, 우리 충돌은 필연적이다. 난 사업을 양보할 생각이 추호도 없어."

"얼씨구? 도발적이다, 신입?"

엔리는 웃고 있었지만, 눈빛은 점차 날카로워져 갔다.

제이크와의 전투를 본 직후 페르노크에게 위협을 느낀 것이다.

"하지만 제이크 때처럼 시가지에 전투를 일으킬 생각은 없다. 이번엔 민간인 측에 부상자가 한 명도 없었다지만, 길드전이라도 펼쳐지면 얘기가 달라지겠지."

"이제 보니 다른 꿍꿍이가 있어서 우릴 이곳에 불렀군."

단순한 참관인.

그 이상을 바라는 속내가 터져 나왔지만, 살리오는 자리를 박차지 못했다.

저 묘한 말에 구미가 당기기 시작했던 것이다.

"A급 길드들은 그동안 무의미한 눈치싸움으로 서로의 세력만 갉아먹고 있었다. 제이크는 언젠가 바크의 도움으로 너희들을 몰아내려고 했지만, 난 그런 비겁한 짓은 하고 싶지 않아."

페르노크가 씨익 웃었다.

"이 미적지근한 관계에 종지부를 찍지."

"길드전이라도 치르자고?"

"정확히는 세 길드의 연합이다. 되도록 상처 없는 최고의 상태에서 길드들을 하나로 통합시키자는 취지다."

"나와 엔리는 이곳에서 충분히 세력을 다져 왔다. 신생 길드가 대체 무슨 자신감으로 길드전을 요구하는 거야?"

"제이크의 사업권에 나를 얹지."

살리오의 눈빛이 흔들렸고, 엔리는 묘한 미소를 머금었다.

"한마디로 나를 가진 쪽이 사업장을 확대하면서 대형 길드까지 송두리째 흔들 무력을 가지게 되는 거야."

페르노크의 자신감엔 이유가 있다.

이 세계엔 10개의 A급 길드가 있다.

플랑이 죽었으니 이제 9개.

페르노크를 가진 길드는 단숨에 A급 길드의 수석으로

발돋움할 것이다.

이 한 번의 길드전으로 부와 명예를 쓸어 갈 수 있는데, 어느 누가 섣불리 거절부터 하고 보겠는가.

'참관인으로 데려 와서 내 무력을 확실히 증명시켰다. 너흰 절대 거부 못 해.'

두 사람을 이 수순으로 끌고 오기 위해 공들여 초청했다.

그렇기에 두 사람은 망설였다.

터무니없는 말이라고 거절하기엔 상품이 굉장히 매력적이었다.

무엇보다 페르노크는 저돌적이다.

약간의 충돌만 벌어져도 크게 확산시켜서 길드전을 벌이고도 남을 인물이다.

그럼 차라리 서로 상처 입기 전에 최고의 상태에서 끌어안는 편이 좋지 않을까?

"승자가 이곳의 최고가 된다."

페르노크의 한마디가 두 사람의 감정을 뒤흔들었다.

살리오가 참지 못하고 물었다.

"무력 충돌인가?"

"단순한 싸움은 지양하지. 되도록 서로의 세력을 유지시킨 상태에서 합치고 싶으니까. 나 역시도 굳이 다른 이들한테 기회를 줄 생각은 없어."

페르노크는 그들에게 유리해 보이는 제안을 건넸다.

"지금부터 1년 동안 가장 많은 의뢰를 성공적으로 이끌어 협회 '기여도' 수치가 높은 사람을 통합 길드장으로 추대한다."

살리오와 앤리가 눈을 번뜩였다.

'이건 지명 의뢰자를 많이 보유한 거대 길드에게 유리한 방식이다.'

'저 새끼, 이제 막 길드 만들어서 사람도 없을 텐데? 자명이나 헌팅넷에게 유리한 조건으로 길드전을 치른다고?'

무슨 꿍꿍이속인지 알 길이 없었다.

하지만 거절하기엔 두 A급 길드에게 매력적인 방식이었다.

"승리자가 모든 것을 가져가는데 괜히 뒷말이 나오지 않도록 깔끔하게 살인을 제외한 모든 방식을 허용한다."

"다소의 충돌은 상관없다는 건가?"

"무력을 완전히 제약해 봐야 찜찜하지 않겠나. 하지만 시가전과 같은 소란은 무조건 피해야 한다."

들을수록 자명과 헌팅넷에게 유리한 조건이다.

여차하면 길드원들로 페르노크를 막고, 살리오와 엔리가 퀘스트에 집중하면 되니까.

그게 바로 페르노크가 의도한 바였다.

'내기란 본래 받는 쪽이 할 만하다고 느껴야 수락하는 법이다.'

갑작스러운 제안에 당황하긴 해도 두 사람은 머릿속에 이해득실을 모두 따져 봤을 것이다.

'너희들은 그 자리에 안주하지 않고 지속적으로 세력 확장을 시도했지. 균형이 깨진 지금 위로 가고 싶은 욕망은 높이 치솟았을 거야.'

페르노크가 그들의 욕망을 기폭제로 자극시켜 버리니, 두 사람의 눈빛도 예사롭지 않게 빛난다.

똑똑.

"페르노크 님, 성주님께서 부르십니다."

분위기가 무르익는 그때, 리오의 정중한 목소리가 밖에서 들렸다.

페르노크가 자리에서 일어났다.

"일주일 후 다시 만나지. 미래를 위한 결정을 기대하겠다."

페르노크가 침묵하는 두 사람을 뒤로하고 밖으로 나갔다.

리오는 안의 상황을 엿들은 듯 다소 놀란 표정이었다.

"삼자 연합은 언제부터 생각하셨습니까?"

"처음엔 A급 길드들을 하나씩 부숴 버리려 했다. 하지만 자명과 헌팅넷이 생각보다 인망이 높아서 노선을 틀었지."

"둘 다 살려서 거둔다는 방식으로 말입니까."

"직접 본 뒤에 생각은 확고해졌다. 저 두 녀석은 각자

치명적인 단점을 가지고 있어. 하지만 서로가 보완해 줄 수 있는 관계다. 둘 다 함께 거머쥐어야 의미가 있다."

"그래서 명분부터 챙기려 하셨군요."

페르노크가 거점 확보의 첫 수단으로 명분을 결정한 이유는 다른 A급 길드 때문이다.

그들이 기존에 쌓아 온 명성과 인망은 제이크보다 높은 평가를 받고 있었다.

적어도 그들과 비교되는 위치에 서기 위해서는 제이크를 이용한 페르노크만의 명분이 확보되어야 했다.

그리고 이번 플랑의 새싹 밟기 덕분에 페르노크는 용병의 자유로움을 몸소 실천하는 영웅이 되었다.

"플랑이 압송된 이후 사람들의 반응은?"

"모두 페르노크 님께 찬사를 보내고 있습니다."

"그럼 마무리를 지어야겠지."

거점 확보의 두 번째 단계, 통합.

"길드를 창설하는 것은 좋습니다. 하지만 아무리 생각해도 내기가 이쪽에 너무 불리합니다. 새로 창설된 길드는 제일 밑바닥부터 시작하는데, 퀘스트 하나를 받더라도 시간이 오래 걸릴 겁니다."

"난 밑바닥부터 시작한다고 말한 적 없어."

"무슨 말씀이십니까?"

"기존의 등급 높은 길드를 우리가 소유한다."

무언가를 깨달은 듯 리오가 눈을 크게 떴다.

"그렇죠. 지하에는 아주 쓸 만한 패가 많이 모여 있었군요."

플랑과 산하 길드들이 이곳에 붙잡혀 있었고, 그들의 목줄은 페르노크가 쥐고 있다.

"제이크와 유착관계가 제일 옅은 녀석들. 그리고 내가 일전에 지목한 인재들만 빼놔. 나머지는 알아서 처리해."

"네."

리오가 목례하고 지하로 내려갔다.

* * *

일주일이 지나기도 전에 살리오와 엔리가 굳은 표정으로 나타났다.

"삼자연합이 결성된 후 배신자가 생긴다면 어떻게 처리하겠나?"

"다른 두 세력이 배신한 세력을 몰살시킨다."

페르노크의 단호한 대답에 두 사람은 승낙했다.

"좋아. 네 조건을 받아들이지."

"내 밑에서 혹독하게 굴러질 각오나 하고 있어, 신입!"

그 순간, 테이블 중앙에 계약서가 떨어졌다.

리오가 주요 항목들을 가리키며 말했다.

"방금 말한 내용이 모두 담겨 있습니다. 각자, 누가 연합장이 되더라도 자신들의 길드를 불만 없이 합치겠다는 계약을 체결하시죠. 기왕이면 혈인이 좋겠네요."

세 사람이 엄지를 깨물어 계약서에 지장을 찍었다.

각자 계약서를 가지고 자리에서 일어났다.

"지금부터 서로 대등한 관계라고 생각하겠다."

"앞으로 일 년간 봐주는 것 없이, 뒷말 없도록 지겹게 어울려 보자고."

살리오와 엔리가 집무실을 떠났다. 뒤도 보지 않고 용병 협회로 달려가는 모습에서 지독한 승부욕이 느껴졌다.

"산하 길드를 총동원해서 모든 퀘스트를 독점하려 들겠군요."

거대 길드가 약소 길드를 몰아치는 가장 확실한 방법.

모든 의뢰를 자신들 쪽으로 돌려, 약소 길드가 일체의 의뢰를 행하지 못하게 막는 것이다.

자명과 헌팅넷이 직접 나서는 이상, 협회의 길드는 사소한 것까지 모두 긁어 간다고 봐야 했다.

"귀엽네요."

리오가 숙소에서 상자 하나를 가져왔다.

뚜껑을 열자 색색의 종이가 한가득 쌓여 있었다.

모두 용병 협회에서 발행한 등급별 퀘스트였다.

"지부장이 챙겨 줬습니다."

리오는 지부장에게서 게시하기 전의 퀘스트를 받아왔다. 대부분 의뢰 날짜가 길어 혼자서 처리하기에도 부담이 없었다.

"이것뿐인가?"

페르노크는 만족하지 않았다.

승부는 1년이다.

페르노크가 퀘스트를 미리 받았다는 사실을 알게 된다면, 살리오와 엔리는 추가 위험을 방지하고자 자신들과 같은 수를 쓸지도 몰랐다.

결국 페르노크는 부족한 기여도를 채우기 위해 새로운 퀘스트를 찾아 나서야 된다.

협회에서 퀘스트를 독점하는 두 거대 길드 사이를 비집고 들어갈 틈은 없다.

근본적인 문제를 해결해야 한다. 그래서 리오는 한 가지 답을 더 가져왔다.

"지명 의뢰를 받을 수 있도록 손써 놨습니다."

지명 의뢰.

의뢰인이 의뢰자를 지명하여 퀘스트를 내린다.

그 후에 만들어진 의뢰지에 협회가 난이도를 측정해서 등급을 매긴다.

제이크를 죽인 자가 페르노크라는 사실을 성주가 직접 공표했다.

그 이름이 널리 알려지고 있으니, 지명 의뢰도 탄력을 받게 된다.

"준비가 얼추 끝났군."

"혼자서 처리하기엔 양이 많습니다. 제법 많은 인원들

이 필요합니다.”

페르노크가 지하에 갇힌 플랑의 산하 길드장들을 떠올리며 물었다.

“몇 명 설득했지?”

“한 명뿐입니다.”

페르노크가 퀘스트 상자를 챙기며 피식 웃었다.

누군지 안 봐도 알 것 같았다.

“성으로 간다.”

* * *

페르노크가 원한 조건에 부합된 길드는 총 세 곳이었다.

B급 길드 마투의 권호 할람.

C급 길드 버드의 마셜.

C급 길드 레드 아이즈의 얀.

할람과 마셜은 5레벨이었고 얀은 4레벨이었다.

그러나 지금보다 성장할 가능성이 높았으며, 상황 판단과 전술 이해도가 제법 괜찮았다.

그들은 모두 새로 단장된 감옥에서 페르노크와 마주했다.

“너희들의 선택지는 두 가지다. 하나, 플랑과 긴밀한 관계를 맺었다고 증언하여 마지막까지 충성심을 지키는 것. 그럼 모두 죽겠지만, 적어도 의리는 가져갈 수 있다."

세 길드장이 몸을 흠칫 떨었다.

"다른 하나는 나와 함께 더 높은 곳을 추구하는 거다."

"우릴 가둔 그대의 말을 어찌 믿소?"

할람이 굳은 눈으로 노려보자, 페르노크는 피식 웃었다.

"나를 친 네놈들을 어떻게 믿고 이런 제안을 건네는 것 같나?"

"그건……."

"피해자인 내가 가해자인 네놈들을 동정해 주는 거야. 아니지. 제이크보다 네놈들을 더 우대하고 아껴 줄 자신이 있어. 하지만 이런 말들을 구구절절 늘어놓기엔 우리가 친해질 시간이 부족하군. 아주 간단하게 설명해 주지."

페르노크의 미소가 싹 가셨다.

"부정한 놈은 용납 못 하고, 배신은 엄벌이다. 각자 대가는 챙기되 그것이 내 의지에 반하는 행동이라면 바로 죽이겠다."

세 사람이 마른침을 꼴깍 삼켰다.

"새 삶을 살아 볼 녀석들만 그곳을 나와라."

감옥 자물쇠가 부서졌다.

문이 열리자 세 사람은 서로만 바라볼 뿐 선불리 움직

이지 못했다.

"내 제안은 1분짜리다."

그리고 초를 세는 목소리가 감옥에 울렸다.

한참을 망설이던 세 사람이 눈을 질끈 감았다.

그리고 할람 혼자만 감옥을 빠져나왔다.

마셜과 얀은 끝내 페르노크를 믿지 못했다.

"판단도 좋고, 마법도 괜찮은데, 배짱이 없군."

"우, 우릴 죽이지 않을 거라는 신뢰를 심어 주십시오!"

"뭐, 뭐라도 좋으니……."

쾅!

페르노크가 미련 없이 감옥 문을 닫고 할람만 지상으로 데려왔다.

"같이 안 데려와도 괜찮은 겁니까?"

"너는 왜 나를 따라왔지?"

"어떤 선택을 하든 위험하지 않습니까. 차라리 궁금증이나 해결하고 싶었습니다."

"뭘?"

"그때, 나를 더 강하게 해 줄 수 있다는 말. 그게 무슨 의밉니까?"

"네 마법은 마력의 순간 증폭이다."

"맞습니다."

"문제는 네 방식이 너무 꼿꼿하다는 거다. 힘을 중첩시키기만 할 뿐, 보다 유연하게 꺾는 방법을 전혀 몰라."

"당신은 내게 부드러움을 심어 줄 수 있단 말입니까?"

대답 대신 손바닥을 벽에 붙였다.

어떤 도움도 없이 슬쩍 밀었을 뿐인데, 손바닥 자국이 진하게 찍히며 그 주위로 거미줄 같은 균열이 발생했다.

"네가 주는 힘의 절반도 안 된다. 네가 증폭의 핵심인 '연쇄 파장'을 이해한다면 이런 벽은 먼지로 만들어 버릴 거야."

"제가 당신 밑으로 들어가는 대가로 이런 테크닉을 가르쳐 준다고요?"

"타고난 마법을 상승시키진 못해. 하지만 마법을 다양하게 활용하도록 도와줄 수 있다."

"그걸 비전이라고 부르는 겁니다. 세상 누가 비전을 함부로 유출한단 말입니까?"

"세계에는 가르쳐 줘도 써먹지 못할 놈들이 널렸다. 너는 운이 좋아. 내 눈에 띄었으니까."

할람이 입을 벙긋거렸다.

거절하고 싶지만, 쉽게 말이 나오지 않았다.

"제이크와 절친한 관계였나?"

"서로 이용하는 관계였습니다."

"그런데 왜 그딴 놈 밑에 빌어먹고 있었지?"

"당신이 조금만 힘이 없어도 나와 같은 처지였을 겁니다."

"충분히 나올 수 있었을 텐데?"

“전 길드째로 삼켜졌습니다. 저 하나 나온다고 끝날 일이 아닙니다. 길드원까지 지키려면 따라야 했습니다. 지금 상황도 별반 다를 건 없어 보이지만요.”

“아니, 달라. 이제 여기서 시답잖은 세력 다툼은 없을 테니까.”

“……?”

“A급 길드들과 연합을 논의했다.”

할람이 입을 쩍 벌렸다.

“여, 연합!?”

“조건은 하나. 1년 동안 가장 많은 기여도를 쌓은 사람이 연합장이 되는 것. 그러나 자질구레한 일들까지 모두 처리하기엔 손이 부족하다.”

많은 사람을 필요로 하는 퀘스트 뭉치를 할람에게 내밀었다.

“네 길드 바이블을 내가 넘겨받는다. 난 B급부터 시작해 산하 길드를 늘릴 거고, 1년째 되는 날 우린 더 이상 이 산맥에서 세력 다툼하지 않을 거대한 통합 길드를 완성한다. 네가 그 한 축을 담당해라, 할람.”

“미쳐 버리겠네, 정말!”

신경질적으로 머리를 긁은 그가 외쳤다.

“잔머리는 못 굴립니다! 자명과 헌팅넷에 비하면 바이블은 초라하기 짝이 없지. 그래도!”

할람이 손을 내밀었다.

"한 가지만 약속해 주십시오! 제이크처럼 산하 길드를 방패로 써먹지 않겠다고!"

"수하는 아끼는 편이다."

내가 손을 마주 잡자, 할람이 승부욕에 불타는 눈으로 물었다.

"길드장, 승산 있습니까?"

페르노크가 웃으며 답했다.

"난 질 싸움은 시작도 안 해."

5장. 삼자연합

삼자연합

삼자연합의 대결이 시작되고 사흘이 지날 무렵, 보든은 모두가 알고 있는 소문에 쐐기를 박았다.

[제이크는 전임 성주 바크와 불법적인 유착 관계를 형성했으며, 세력을 불리고자 유능한 용병들에게 과도한 협박과 폭력을 일삼았다.

이에 취조를 시작하였으나, 형벌이 두려워 탈옥을 시도했고, 용병 페르노크가 이를 막았다.

범죄자들을 죽인 페르노크에게 신임 영주로서 감사와 공적을 치하하는 바이다.]

플랑은 해체되었고 산하 길드들은 죄의 경중을 엄히 따

져 처벌되었다.

플랑의 마물 소재 사업권은 다시 협회로 돌아왔고 많은 길드와 상인들이 사업권을 차지하려 나섰다.

"플랑의 사업권을 우리가 모두 인수하겠소!"

"자명과 헌팅넷에게 이걸 주진 않겠지?"

"산맥의 균형을 위해서라도 우리 동부 연합이 가져야 옳습니다!"

"현명한 판단을 내려 주십시오, 지부장님!"

발투스는 심사숙고하는 모습이었으나 이미 사업권의 주인을 정해 두었다.

[페르노크는 6레벨이자 B급 길드 바이블의 마스터다.

이들의 지략과 무력과 인품에 문제가 없다고 판단되는 바.

협회는 기존 플랑이 가지고 있던 사업권을 페르노크에게 이전한다.]

아무도 반발하지 못했다.

단신으로 플랑과 맞서 싸워, 끝내 승리를 쟁취한 야수.

심지어 그는 B급 길드 바이블까지 거머쥐고 세를 급격히 불려 나가는 중이었다.

무섭게 성장하는 신흥 강자와 경쟁할 배짱을 가진 길드는 없었다.

많은 자들이 빈손으로 돌아섰고, 용병들은 페르노크의 위엄에 빠져들었다.

"페르노크가 길드원을 모집한다던데……."

"엄중한 심사를 거쳐 함께할 가족을 모은댔어!"

"대우도 후하게 쳐준대!"

"동쪽 산맥 출입도 자유롭게 보장한다더군."

"페르노크에게 가자!"

"그라면 우리를 더 높은 고도에 올려 줄 거야!"

하루가 멀다고 가입을 원하는 용병들이 바이블의 문을 두드렸다.

페르노크는 특별한 마법과 성장 가능성이 높은 자들을 우선하여 선발했다.

어느새 플랑이란 이름이 잊히고 그 자리에 페르노크가 들어섰다.

바이블의 세력은 걷잡을 수 없이 불어났지만, 페르노크는 전혀 만족하지 못했다.

당장 A급 길드들과 일전을 치르는 지금.

인재 육성뿐만 아니라 삼자연합전의 승리까지 거머쥐어야 했기 때문이다.

페르노크는 할람을 불렀다.

"길드원 중에 3레벨 마법사는 고작 다섯인가?"

"4레벨 마법사도 한 명 있습니다."

"플랑은 4레벨만 7명이었다."

할람이 입맛을 다셨다.

“거긴 A급 길드니까요. 준남작 작위도 받을 만한 용병들이 몰려듭니다.”

“새로 받아들인 인원들로도 전성기 플랑의 절반에 미치지 못하나?”

“아무래도 그렇죠. A급 길드는 B급 길드 7개가 합쳐야 겨우 비벼 볼 만한 전력입니다. 저희는 이제 막 세력을 불려 나가는 중이라 시간이 필요합니다. 특히, 경험 부족이 제일 큽니다.”

페르노크가 고개를 끄덕였다.

“일단, 영입한 인재들과 마법사를 함께 묶어 저레벨 퀘스트를 맡기면 되겠군. 네가 그들을 인솔해서 퀘스트를 성공적으로 마무리 지어라. 되도록 다양한 경험을 시켜 주는 게 좋아.”

“그럼 자명과 헌팅넷은 어떻게 합니까?”

“당분간 나 혼자서 처리한다.”

“간부들을 모두 데려가십시오. 한 손이라도 거드는 게 낫습니다.”

페르노크가 고개를 저었다.

“어설픈 머릿수는 오히려 발을 둔하게 만든다. 게다가 이건 길드 간의 무력 다툼이 아니야.”

“기여도를 채우려면 뭐가 되었건 한 번쯤은 충돌이 발생할 겁니다.”

"그때에도 나 혼자라면 쉽게 넘길 수 있다."

"……죄송합니다. 제가 좀 더 길드원들을 잘 이끌었다면 충분한 전력이 되었을 텐데……."

"그런 말을 듣자고 널 부른 게 아니야. 단지, 지금 우리와 저들의 차이가 어느 정도인지 알고 싶었을 뿐이지."

할람이 멋쩍게 웃었다.

"이건 일 년짜리 장기 레이스다. 갑작스럽게 변화하는 상황에 먼저 대응하는 쪽이 결국 승리를 거머쥐게 된다. 우린 차분히 미래를 대비하면서 승리를 위한 초석을 다지면 돼."

"성장과 승리. 둘 다 추구하기엔 제법 벅차군요."

"이 성장통을 잘 넘겨야 유일한 A급 길드가 되겠지."

페르노크가 아래로 시선을 내렸다.

최근 접수처에서 불만을 토로하는 용병들이 많아졌다.

오늘도 용병들은 텅 빈 퀘스트 창구를 가리키며 소리치고 있었다.

"슬슬, 본격적으로 경쟁해야겠군."

* * *

퀘스트.

의뢰자가 받은 임무에 협회가 등급을 매겨 보상을 약속하는 특별한 의뢰.

등급에 따라 기여도가 부여되며, 퀘스트를 성공적으로 이끈 용병들에겐 지명 의뢰가 떨어지기도 한다.

초보 용병들에겐 이름을 알릴 수 있는 좋은 수단 중의 하나였다.

"오늘도 퀘스트가 없다고?"

언제나 크고 작은 의뢰들이 걸려 있던 게시판은 지난 한 달 동안 텅 비어 있었다.

거대 길드 두 곳이 퀘스트를 독점하고 있었기 때문이었다.

당연히 용병들은 이 황당한 사태에 불만을 표출했다.

"아니. 자명과 헌팅넷이 퀘스트를 독점하면, 우린 뭐로 랭크를 올립니까?"

"죄송합니다. 당분간은 마물 소탕에 집중해 주시기 바랍니다."

"그 둘이 퀘스트를 독점한 것도 모자라, 사냥터를 휩쓸고 다닌다고요!"

용병들이 답답하다는 듯 불만을 토로하자 접수원은 태연하게 대답했다.

"단순한 독점이라면 협회 차원에서 제지했을 것입니다. 하지만 자명과 헌팅넷은 이곳에서 퀘스트를 가져가지 않았습니다."

"지금 농담하는 겁니까?"

"게시되는 퀘스트는 보통 의뢰자들이 협회에 내용을

발주하면서 시작됩니다. 그런데 한 달 동안 의뢰자들이 자명과 헌팅넷에게 지명 의뢰를 하면서 협회에 퀘스트를 전달하지 않고 있습니다.”

“지명 의뢰?”

“아니, 그걸 보고만 있었단 말입니까!”

용병들이 따지듯이 묻자 접수원은 딱 잘라 말했다.

“아시다시피 마물의 산맥은 다른 용병 지부보다 특수합니다. 대부분의 의뢰가 마물과 관련된 것들뿐이죠. 신뢰를 가지고 전문적인 사냥꾼에게 직접 의뢰하는 과정까지 간섭할 권한은 없습니다.”

자명과 헌팅넷은 페르노크가 협회에게 미리 퀘스트를 받아 갔다는 사실을 알고 있었다.

하지만 이미 받아 간 퀘스트도 언젠간 끝을 보이기 마련이고, 바이블 같은 B급 길드가 새로운 퀘스트를 발주받기 위해선 협회를 이용해야 한다.

그래서 그들은 퀘스트의 원천을 자르기는 방식으로 방향을 전환했다.

지명 의뢰.

A급 길드가 기여도에서 우월함을 차지하는 부분.

그건 이 산맥에서 오랫동안 지켜 온 신뢰에 기반한다.

“협회에서 얻은 퀘스트도 지금쯤이면 바닥을 드러냈겠지.”

‘A급은 단순히 실력만 아니라 인지도까지 포함한 랭크

다. 이제 막 성장하는 애송이가 이기겠다고 깝죽대 봐야 결과는 정해져 있어.'

살리오와 엔리는 용병들의 원성조차 신경 쓰지 않았다.

삼자연합 승부에서 이긴 후에 용병들을 챙겨도 늦지 않다고 판단한 것이다.

'먼저 페르노크부터 말려 죽인다.'

신생 길드가 기여도를 거머쥘 수 있는 모든 루트를 자명과 헌팅넷이 합심해서 봉쇄했다.

아니, 봉쇄한 줄 알았다.

페르노크가 두 사람의 예상을 벗어난 뜻밖의 일을 진행했다.

"뭐?"

"야수가 자기 퀘스트를 용병들한테 양도했다고?"

페르노크는 도리어 퀘스트를 용병들에게 풀었다.

그중에는 기여도가 제법 높은 퀘스트도 섞여 있었다.

'이게 뭐 하자는 거야.'

'기여도 하나를 더 가져와도 모자랄 판에 오히려 베풀어 준다고?'

연합전을 포기하는 게 아니고서야, 자기도 말라 죽고 있는 상황에서 유일한 식량을 다른 용병들에게 푸는 이유가 뭐란 말인가.

알 수 없는 행동에 묘한 서늘함이 전해졌다.

두 사람은 페르노크의 행동을 예의주시했다.

"역시 페르노크가 최고다!"

"자명이나 헌팅넷도 플랑과 다를 바가 없어!"

"페르노크만큼의 아량도 없는 한심한 새끼들!"

그리고 영문 모를 행동은 용병들의 환호를 받아 냈다.

두 거대 길드와 대비되는 페르노크의 행보에 많은 용병들이 감사를 표하기도 했다.

이것은 플랑의 횡포를 막아 낸 페르노크의 명성과 겹쳐, 산맥을 넘어 그의 이름을 전파하는 계기가 되었다.

페르노크의 명성이 높아져 갈수록 살리오와 엔리는 황당해했다.

"이것 봐라?"

"딴 곳 볼 여유가 있어?"

이용당한다는 느낌이 들자, 두 사람의 행동은 더욱 지독해졌다.

산맥의 안과 밖 어디서도 페르노크가 기여도를 채우지 못하게 막아서기 시작했다.

* * *

리오가 보고하며 피식 웃었다.

"자명과 헌팅넷이 날뛰고 있습니다. 페르노크 님의 도발이 제대로 먹혀들었습니다."

페르노크는 의뢰서 10장을 무심히 넘겼다.

"게시판에 걸어라."

"앞의 두 장은 좀 아까운데요?"

"어차피 할람에게 줘도 못 처리할 것들이야."

할람은 무려 10개의 퀘스트를 성공으로 이끌었다. 하지만 혼자 분투한다고 해서 페르노크의 기대를 충족시켜 줄 순 없었다.

지금도 휴식 시간을 줄이면서 필사적으로 퀘스트를 수행하지만, 속도가 예상보다 저조했다.

그래서 페르노크는 아직 기간이 넉넉하게 잡혀 있는 퀘스트들을 깔끔하게 포기했다.

자명과 헌팅넷이 퀘스트 독점이라는 독한 수단까지 써준 덕분에 미련이 사라졌다.

할람에게 중급의 퀘스트들을 맡기고, 귀찮은 저급 퀘스트들은 신입 길드원들과 협회를 찾아가는 용병들에게 양도했다.

그 환호는 거대 길드에 대한 적대심으로 바뀌었다.

페르노크가 노린 그대로 상황이 흘러갔다.

"중, 저급을 아무리 해결해도 고랭크 퀘스트 하나에 못 미친다. 우리가 노려야 할 건 바로 고랭크 퀘스트야."

고랭크 퀘스트는 깊은 산맥을 누벼야 한다.

원하는 목표물을 찾기 위해서 수많은 탐색가와 정보가 필요하다.

A급 길드들은 오랜 시간 쌓아 온 노하우로 산맥을 누비고 다닌다.

하지만 바이블엔 그만한 노하우가 없다.

이 악조건을 돌파할 방법은 하나뿐이다.

자신에게 호의를 보내는 용병들을 이용하는 것.

A급 길드를 적대하는 시선과 소문이 다음 동선을 예측할 수 있게 한다.

자명과 헌팅넷이 어느 방향, 어느 고도로 이동해서 진을 치고 있는지.

쌓이고 쌓인 사소한 정보들을 리오가 분석하고 페르노크가 판단한다.

결국, A급 길드들과 도달점이 같아지게 되는 셈이다.

"퀘스트는?"

"다행히 자명의 지명 의뢰자에게서 같은 것을 받아 왔습니다."

종종 빠른 시간 안에 결과물을 받고 싶어 하는 의뢰자는 여러 길드를 모아 경쟁시키기도 한다.

이를 '중복 의뢰'라고 한다.

'자명의 의뢰를 빼앗아 내가 성공시킨다면, 결과적으로 자명은 시간만 허비해서 허탕을 치고, 나는 다량의 기여도를 챙기게 된다.'

상대는 실패하고 이쪽은 성공하니 두 배의 이득을 거머쥐는 셈이다.

페르노크가 지금껏 용병들의 환심을 사려 한 이유는 이 '중복 의뢰'를 시행하기 위해서다.

"의뢰자는 자명에게 이 사실을 알렸나?"

"자명의 성공 가능성을 높게 치며, 저희가 실패할 경우엔 모두 저희 선에서 끝내라고 말했습니다."

"자명도 챙기면서 성장 가능성이 높은 바이블에도 손을 뻗겠다?"

"음흉한 놈이죠. 하지만 중복 의뢰는 대부분 이런 식입니다. 자명과 헌팅넷도 이런 식으로 기존 길드들보다 우월함을 증명하며 성장해 왔습니다."

의뢰자들은 길드를 따지지 않는다.

길드의 역량만 보고 의뢰를 맡긴다.

더 뛰어난 실력자에게 붙는 것이 당연한 산맥의 섭리다.

"이젠 저희가 시험대에 올랐군요. 성공한다면 자명은 많은 의뢰자를 잃고, 저흰 단단한 지지층을 확보할 수 있습니다."

페르노크는 피식 웃으며 짐을 챙겼다.

"오늘 안에 정리하고 돌아오겠다. 자명의 실패 소식이 들리는 즉시 산맥에 널리 퍼트리고, 헌팅넷의 의뢰자들과도 접선해 둬라."

"두 길드 모두 공략하실 생각이십니까?"

"문제 있나?"

리오가 웃으며 고개를 저었다.

"아닙니다. 바로 준비해 놓겠습니다."

페르노크가 의뢰서를 챙겨 밖으로 나갔다.

* * *

자명과 헌팅넷은 착각하고 있다.

살상을 제외한 모든 수단이 허용되는 삼자연합 길드전.

단순히 퀘스트를 독점해서 우위를 점한다는 미적지근하고 평온한 방식으론 절대 최고가 될 수 없다.

1년 안에 최고로 거듭나는 가장 좋은 방법은 '약탈'이다.

무자비하고 악착스럽게.

이제 그들에게 진정한 전쟁을 가르쳐 줄 시간이다.

* * *

자명은 넓게 퍼져 특별한 마물을 수색하는 중이었다.

"산목을 찾았습니다!"

산목은 체내에 극독 주머니를 가진 중상급 마물이다.

고도 5000미터에서 드물게 발견되며, 지독한 독성에 마물들조차 접근하기를 꺼린다.

자명은 산목의 극독 주머니를 가져오라는 퀘스트를 받았다.

기여도 1위인 헌팅넷을 단숨에 역전할 기회였다.

무려 보름간에 걸친 수색 끝에 얻게 될 달콤한 과실에 벌써부터 입가에 군침이 흘렀다.

"산목에 불을 붙여 땅에 박힌 가지를 먼저 태운다. 흘러나온 독은 바람으로 몰아내고, 놈의 정수리에 모든 마법을 때려 박는다."

산목 토벌은 속도전이다.

"놈이 발버둥 치면 독이 사방으로 퍼진다. 불길이 번질수록 마물들도 꼬이니까 한순간에 놈을 제압하고 이곳을 벗어난다."

"예."

다양한 마법사들이 섞여 있지만, 빈틈없는 지휘로 완벽히 작전을 수행해 낸다.

오랜 시행착오 끝에 다듬어진 포진으로 수십 명이 한몸처럼 움직였다.

숨소리조차 들리지 않게 마법으로 모습을 감추며 새까만 거목 앞에 멈춰 선 순간.

불씨가 바람을 타고 땅에 내린 가지로 옮겨붙었다.

삐이이이익!

바람이 호각 소리처럼 진동과 소음을 일으키며 산목을 집어삼켰다.

신호가 떨어졌다.

오랜 시간 합을 맞춰 온 베테랑들은 눈빛만으로도 포지션을 유지하며 산목을 압박했다.

어두운 산자락에 활화산이라도 터진 것만 같은 불이 거목을 뒤덮었다.

가지에서 흘러나온 독기는 바람에 씻겨 나갔다.

강철 같은 가시가 쏟아졌지만 살리오가 정면에서 모두 막아 냈다.

"몰아쳐!"

마법이 산목의 정수리로 휘몰아쳤다.

말하지 못하는 나무가 껍질에 새까만 광택을 둘렀다.

마법이 소나기처럼 쏟아졌지만, 광택에 미끄러졌다.

깊은 산맥의 마력을 빨아들여 만든 광택은 마력을 흘려버리는 특별한 막이다.

'역시 자기방어 수단으로 나오는군.'

산목의 자기방어 수단은 온갖 자연 계열 마법을 씻어내지만, 충돌할 때마다 광택을 유지하기 위해 다량의 마력을 소모한다.

'불씨가 붙었을 때, 녀석은 상황을 주시하며 힘을 아꼈어. 자기방어 수단에 사용할 마력이 그리 많지 않다는 뜻이지.'

저 간악한 마물은 사냥꾼들이 승기를 잡았다고 생각한 순간 자기방어 수단으로 무력화시킨다. 그리고 독기를 내뿜어 사냥꾼들을 무력하게 전멸시킨다.

지금 길드원들의 마법이 모두 물거품이 되는 것처럼 말이다.

'원리부여가 아닌 축적강화엔 네놈도 손 쓸 도리가 없을 터!'

살리오의 마법 '파동'은 강화시킨 마력을 내부로 침투시켜 파괴시키는 축적강화 방식이다.

다만, 위력이 강한 만큼 준비시간도 꽤 잡아먹는다.

그 혼자였다면 광택에 쓸려 버렸을지도 모른다.

하지만 길드원들이 산목의 광택을 모두 뽑아냈다.

껍데기밖에 남지 않은 심부에 파동을 박는 순간 모든 상황이 정리된다.

길드원들은 승리를 확신하고 이미 독주머니를 채취할 도구까지 꺼내 들었다.

"하아압!"

살리오가 축적된 마력을 망치에 두르며 비상했다.

청색 오로라가 망치에 덧씌워진 상태로 껍데기만 남은 정수리에 내리꽂혔다.

콰콰콰쾅!

거대한 굉음이 울려 퍼지고, 마물의 껍데기에 거미줄 같은 균열이 생겼다.

"길드장……!"

산목 해체 준비를 하려던 길드원들이 멈칫했다.

살리오가 정수리에서 망치를 천천히 들어 올리고 있었다.

"……."

파동은 내부에서 조용히 적을 터트리는 마법이다.

지진과도 같은 충격을 외부로 퍼트리지 않는다.

즉, 산목을 절규하게 만든 이 충격은 살리오의 것이 아니라는 뜻이었다.

콰아아아아앙!

연달아 터지는 강렬한 일격에 살리오가 얼굴을 와락 찌푸렸다.

여기 있는 그 누구도 이곳에 또 한 명의 6레벨 마법사가 숨죽이고 있었다는 사실을 지금까지 눈치채지 못했었다.

"너……."

산목이 기울어지며, 독주머니를 손에 쥔 페르노크가 걸어 나왔다.

"이게 뭐 하는 짓이냐!"

살벌한 시선을 보내는 살리오에게 페르노크가 태연하게 대답했다.

"보다시피 의뢰를 수행하는 중이다."

순간 잘못 들었나 싶었다.

하지만 이내 페르노크의 독주머니를 보고 살리오가 미간을 찌푸렸다.

"그건 우리 의뢰야!"

"내가 착각했나?"

페르노크가 보관함에 독주머니를 담았다.

"분명 산목의 독주머니를 가져와 달라는 마법사 협회의 의뢰를 받았는데, 이건 산목이 아닌가?"

살리오는 그제야 이 뜻밖의 상황을 모두 파악했다.

"이 협회 새끼들이……!"

"저런, 의뢰가 겹쳤나 보군."

페르노크가 피식 웃자 살리오가 이를 갈았다.

"감히, 감히 내 뒤통수를 쳐!"

"어쩌겠나. 의뢰자가 자명의 솜씨를 불안해하는걸."

페르노크가 독주머니를 흔들어 보였다.

"가져가서 안심시켜 주던지?"

콰앙!

페르노크가 뒤로 뛰기 무섭게 살리오가 바짝 따라붙었다.

"이 비겁한 놈!"

청색 오로라를 두른 망치가 페르노크의 가슴을 노렸다.

"살인은 금지."

페르노크가 몸을 틀어 망치의 궤적에서 벗어났다.

"그것 말고 따로 정한 규칙은 없었다."

두 번째 파동이 찾아왔다.

어느새 시야를 가득 채운 청색 파도에 페르노크가 오버

임팩트를 터트렸다.

콰아앙!

충격이 두 사람을 밀어냈다.

페르노크가 얼얼한 손을 털어 냈다.

'흥분할수록 마력이 상승하는 타입인가. 의외로 감정적이군.'

냉철하다고만 느꼈던 살리오의 특별한 모습을 눈여겨보며 페르노크가 말했다.

"네놈들이 지명 의뢰까지 독점해서 나를 말려 죽이려 한 것도, 이 규칙을 노린 거라고 긍정적으로 해석했었다."

"시작조차 못 한 것과 지명받은 의뢰를 날름 빼먹는 도둑질이 뭐가 똑같단 말이냐!"

"서로 간의 솜씨를 의뢰자들에게 알릴 좋은 기회다. 네가 내 위에 서고 싶다면 증명해 봐. 나 하나쯤은 얼마든지 찍어 누를 힘이 있다고."

살리오가 얼굴에 핏대를 잔뜩 세우며 사납게 외쳤다.

"전쟁이라도 해 보자는 거냐!"

페르노크는 어느새 나무 위로 거리를 두고 있었다.

"그럼 이게 소꿉장난인 줄 알았나?"

나무가 흔들리기 시작했다.

갑작스러운 소란에 고도 5000미터 이상의 마물들이 이곳으로 몰려오고 있었다.

"지는 자가 모든 것을 헌납한다."

페르노크가 살리오를 비웃었다.

"최고를 겨루는 자리에서 투정이라도 부릴 셈인가?"

까드득!

살리오가 이를 가는 소리가 소름 끼치도록 울려 퍼졌다.

페르노크가 몰려오는 마물을 밟으며 장소를 벗어났다.

"길드장님!"

살리오가 이를 악물며 외쳤다.

"돌아간다!"

살리오는 A급 길드가 된 이후 처음으로 지명 의뢰에 실패하는 치욕을 맛보게 되었다.

* * *

엔리가 홀로 산맥을 거닐었다.

산책이라도 나온 것처럼 가볍게 마물을 가로질러 절벽 밑의 동굴로 들어갔다.

살리오가 얼굴에 핏대를 세운 채 바닥에 걸터앉아 있었다.

"싸우자고 부른 거야?"

"야수와 한바탕하고 오는 길이다."

엔리가 살리오를 살피며 능글맞게 얘기했다.

"보아하니 야수가 이긴 것 같네."

"중복 의뢰로 날 엿 먹이더군."

엔리가 돌아가는 상황을 파악하고 씨익 웃었다.

"의뢰를 선점했는데, 중복 의뢰로 뒤통수를 쳐? 그것 참 기가 막히네. 우리가 했던 방식보다 더 독하잖아."

"남 일처럼 얘기할 때가 아니다."

엔리가 어깨를 으쓱했다.

"모르면 당했겠지. 너한테 들었으니까 문제없어."

"그곳에 있는 모두가 놈의 기척을 놓쳤다."

"제이크가 야수는 '더블'이라고 하더라고. 분신과 육체 강화 계열 마법을 사용한다던데, 적절히 응용한 거 아니겠어?"

"놈의 타격에서 섬광이 번뜩일 때 아주 강력한 마력을 느꼈다. 그게 육체 강화 계열 마법이라고 생각하겠지. 하지만 직접 부딪쳐 본 난 알 수 있어."

살리오의 눈이 가늘게 좁혀졌다.

"야수는 단순한 더블이 아니야. 뭔가를 더 감추고 있어. 너도 자만할 때가 아니다."

"하고 싶은 말이 뭐야?"

살리오가 불이 붙은 듯한 눈동자로 엔리를 응시했다.

"최소 6개월 동안 아무것도 못 하게 놈을 제압하자."

"우리가 퀘스트 때문에 협력했어도, 연합전까지 같이 할 정도로 친하지는 않잖아?"

"변수를 처리하는 과정이다. 실리를 따져봐."

"어지간히 속을 긁어 놨나 보네. 네가 제이크처럼 화를 내다니 말이야."

"이 분노는 제대로 대처하지 못한 나 자신의 한심함 때문이다. 야수에겐 오히려 감탄했다. A급 길드 둘이 퀘스트를 독점하는 상황에서 중복 의뢰라는 기지를 발휘하고, 이를 성공적으로 수행한 모습. 그건 어지간한 담력으로 이뤄 낼 수 있는 성과가 아니야. 녀석과 부딪치면서 확신했다. 최고가 되기 위해선 반드시 녀석의 능력이 반드시 필요하다."

살리오의 눈이 번뜩였다.

"그러나 모든 것은 너나 내가 위에 서고 난 뒤의 얘기다. 놈은 단독으로 집단을 흔드는 방식이 능숙해. 그런 놈을 죽이지 않고 제압하기 위해선 네가 도와줘야 한다."

"얘기나 들어 볼까?"

엔리도 구미가 당기는 듯 바위에 앉았다.

"야수가 군침을 흘릴 만한 퀘스트를 받아 오겠다. 녀석은 반드시 중복 의뢰를 시도해 올 거고, 그때 너와 내가 협공해서 놈을 제압한다."

"바이블이 따라오면?"

"고도 5000미터 이상 의뢰를 바이블 따위가 끼어든다면 쌍수를 들고 환영해야지. 야수의 발목만 잡는 짐덩이들이 추가되는 건데."

"변수는 없고, 양대 세력으로 찍어 눌러 퀘스트에서 배제시킨다? 뭐, 다 좋은데, 내가 이 제안을 받아야 할 이유가 있어?"

"야수가 제압되는 즉시 그 퀘스트의 기여도를 모두 너에게 넘겨주마."

엔리가 입맛을 다셨다.

"양념은 자명이 다 쳐 주는 건가?"

"물론. 우리 쪽에서 건네는 의뢰라고 생각해도 좋아."

"꺄하하하하! 나야 거부할 이유가 없지! 하지만 괜찮겠어? 그 고고한 자존심에 이런 짓거리가 용납되겠냐고!"

"살인 이외엔 모든 것이 허용되는 전쟁. 야수가 정한 룰을 거부할 생각은 없다."

살리오가 서늘한 미소를 지었다.

"놈이 자초했으니 마땅히 책임을 져야지."

"좋아. 6개월은 모르겠고, 최소 3개월 동안 야수가 활동 불가능하도록 제압해 줄게!"

단 한 번의 충돌을 위해 자명과 헌팅넷이 손을 잡았다.

그리고 일주일 후.

페르노크에게 지명 의뢰가 떨어졌다.

고랭크 위험 지정 마물.

고도 5500미터 이상, 데몬 나이트의 토벌이었다.

* * *

데몬 나이트.

6레벨 마법사급의 마력과 불꽃을 사용하고, 가볍게 쥔 강철조차 우그러뜨리는 신체 능력을 가진 마물.

가장 무서운 점은 검으로 베어 버린 마물을 자기 수하로 통솔한다는 것이다.

한때, 결계석을 밀어붙여 인간들의 성을 침공하려 했던 데몬 나이트는 A급 길드들의 합동 작전으로 패퇴했다.

지금은 산맥 동부 지역에 터를 잡고 마물을 무참히 베어 버린다는 흉흉한 소문만 감돌고 있다.

"다시 묻겠습니다. 데몬 나이트의 토벌만 원하시는 겁니까?"

리오의 물음에 낯선 사내가 고개를 저었다.

"놈을 소멸시키고, 그 검을 증거로 가져와 주십시오."

"은급 용병이 최소 둘 이상이 필요한 일입니다."

"알고 있습니다. 그래서 바이블을 찾아왔고요."

사내가 페르노크에게 시선을 돌렸다.

"최근 은급 용병이 되셨다고 들었습니다. 이 성에서 가장 뛰어난 실력을 가졌다는 말을 믿고 찾아왔습니다. 자격은 충분하다고 생각합니다."

"그런 문제가……."

"한 달이라고 했나?"

페르노크가 천천히 입을 열자, 사내가 웃으며 말했다.

"예. 한 달 안에 해결해 주십시오."

"조만간 답을 들려주지."

"긍정적인 검토 부탁드립니다."

지명 의뢰를 놓고 길드를 떠나는 사내를 보며, 리오가 입맛을 다셨다.

"역시 승부를 걸었네요."

"그게 무슨 말이요?"

가만히 지켜보던 할람이 묻자, 리오가 어깨를 으쓱했다.

"데몬 나이트는 최소 100명 이상을 동원해야 합니다. 마물을 견제하고, 본체를 칠 사람들이 필요하죠. 당장의 명예가 아니라 얼마만큼의 전력을 가졌는지가 중요하다는 뜻이죠. 그런 중요한 의뢰를 수적 열세인 우리 길드에게 맡긴다는 건, 누가 봐도 뻔한 함정 아닙니까."

"함정?"

"자명이나 헌팅넷이 중복 의뢰를 저희에게 걸어 버리라고 시켰겠죠. 그래야, 페르노크 님이 산목 퀘스트로 한 것처럼 저들도 똑같이 갚아 줄 수 있을 테니까요."

리오가 페르노크를 보았다.

"어쩌면 이참에 페르노크 님을 퀘스트 수행 불가 상태로 만들어 버리려는지도 모릅니다."

위험한 자를 제거하고 익숙한 자들끼리 대결할 판을 만든다.

산목을 빼앗았을 때부터 페르노크는 이 상황이 닥칠 것을 예상하고 있었다.

"이렇게 될 걸 각오하지 않았나."

"예. 한 번쯤은 저들에게 누가 더 우위에 있는지 보여 줘야 하니까요."

술수와 배포, 확장성.

여러 가지 측면에서 페르노크를 반드시 가져야 할 인재라는 생각을 저들에게 심어 주었다.

지금이 분기점이다.

여기서 한 걸음 더 나아간다면 저들을 완전히 굴복시킬 수 있다.

그에 도달하는 가장 확실한 수단을 페르노크는 잘 알고 있었다.

"협회에 의뢰를 수행한다고 전해라."

페르노크가 자리에서 일어났다.

"자명과 헌팅넷을 완전히 굴복시킨다."

* * *

할람은 혼자 산맥으로 떠나는 페르노크의 뒷모습을 지켜보았다.

"아무리 그래도 혼자 가시게 놔두는 건 아니지 않습니까."

리오는 어디선가 서류를 잔뜩 들고 왔다.

"할람 씨도 가려고요?"

"허락해 준다면 바로 채비하리다."

리오가 서류를 분류하며 대수롭지 않게 말했다.

"가만히 계세요. 그게 페르노크 님을 도와주는 거예요."

"아니……."

"데몬 나이트는 고도 5500미터 이상에서 서식합니다. 놈의 특별한 힘은 해당 고도의 마물들까지 수하로 부릴 정도죠. 우리 길드에 할람 씨 말고 거기서 마법 쓸 수 있는 사람 있어요?"

"가드를 앞세운다면 가능합니다!"

"자명과 헌팅넷은 두 눈 뜨고 지켜본답니까?"

할람이 답답한 심경을 토로하려 했으나 입만 벙긋거릴 뿐 말이 튀어나오지 않았다.

"페르노크 님의 힘을 할람 씨의 힘으로 착각하지 마세요. 가능성을 입에 담을 수 있는 건 오직 그분뿐입니다."

"으음…… 그건 아는데……."

"거, 몇 마디 했다고 주눅 들지 말고요. 어차피 길드 힘이 뒷받침되어도 페르노크 님은 혼자 가셨을 겁니다."

할람이 고개를 갸웃했다.

"그건 왜 그렇소?"

"마물에게 유리한 지형에서 길드들이 화려하게 싸우는데, 머릿수 늘려 봐야 상황만 복잡해져요. 혼자 다녀야 마음껏 적진을 유린할 게 아닙니까."

리오가 서류 한 장을 뽑아 할람에게 건넸다.

"걱정 말고 이후 상황이나 준비하세요."

"이건 뭐요?"

"할람 씨가 설득해 와야 할 의뢰주들 명단."

"……?"

"자명과 헌팅넷이 모두 자리를 비우지 않았습니까. 반면에 우리 길드원들은 이곳에 단단히 뭉쳐 있죠. 저들의 빈자리를 모두 저희 사람으로 채워 버리자고요."

리오가 히죽 웃자 할람은 이유 모를 오싹함을 느꼈다.

* * *

데몬 나이트로 추정되는 마물이 동쪽 산기슭에서 자리 잡았다는 정보가 입수되었다.

페르노크는 데몬 나이트의 검을 가져갈 벨트 하나만 준비해서 바로 산맥에 뛰어들었다.

고도 5500미터.

마물과의 충돌을 최소화하며 외곽을 따라 동쪽으로 올라갔다.

절벽이 많고 가시나무가 우거진 험한 지형이 계속 이어졌다.

보통 이런 곳에 마물들이 살기 마련인데 코빼기도 찾아보기 힘들었다.

'군주 놀음이라도 하는 건가.'

제이크보다 짙고 흉흉한 마력이 마물들을 지배하여 통제한다.
데몬 나이트.
이 일대의 마물을 지배하는 군주.
영악한 지성까지 갖춘 놈을 페르노크 혼자서 처리하기 어려워 보였다.
혼자였다면 말이다.
'가볍게 인사부터 해 볼까.'
짙은 마력 농도 속에 숨은 인기척을 느끼며 페르노크가 마력강체술을 최고조로 끌어 올렸다.
가시나무를 짓밟고 정면으로 쏘아지자 데몬 나이트의 흉흉한 마력이 안개처럼 옅게 깔렸다.
이 불쾌한 안개에 닿는 순간 위치가 감지당한다.
처음부터 기습은 불가능했다.
이 사실을 페르노크도 잘 알고 있었다.
그는 오히려 안개에 자신을 노출시키며 적의 이목을 끌어당겼다.
이곳에 숨은 모든 적이 튀어나와 한데 어우러지도록.
"키에에엑!"
4레벨 마법사가 붙어야 상대가 될 것 같은 마물.
이런 녀석들이 자욱한 안개 속에서 끝도 없이 튀어나온다.
데몬 나이트는 저레벨 마법사의 약점을 알고 있다.

마력을 모아 원리 부여하는 시간을 주지 않고 바로 처단하는 것.

삽시간에 몰려든 수십 마리 마물들은 가드가 있더라도 물량으로 찍어 누르겠다는 단호한 의지가 엿보였다.

적당한 전술과 마물 통제력.

함께 어우러지기엔 딱 알맞은 놈이다.

페르노크는 마물을 한주먹에 때려잡고 짙은 안개 속으로 뛰어들었다.

플랑의 산하길드에게서 빼앗은 마법을 적극적으로 활용했다.

마법, 사이렌이 오감을 넘어 초월적인 감각을 끌어낸다.

보이지 않아도 무엇이 자신을 위협하는지 느낄 수 있다.

안개 사이를 집처럼 누비며 최대한 소란을 피웠고, 대량의 마물들을 모은 순간.

쿠우우우웅!

지진 같은 굉음이 안개를 반으로 갈랐다.

뼈 갑주 사이로 새까만 불길을 토하는 해골 검의 주인, 데몬 나이트를 살리오가 몰아붙이고 있었다.

'역시 기다리고 있었나.'

살리오는 페르노크가 모든 마물을 끌어모으는 사이, 길드원들과 데몬 나이트의 좌측을 파고들었다.

물량으로 밀어붙여 단숨에 끝내려는 모습에서 초조함

은 느껴지지 않았다.

페르노크가 나올 걸 예상했다는 듯이 길드원을 산개시켰고, 파동을 응축시켜 뒤로 물러났다.

사이렌이 급하게 신호를 보낸 건 바로 이 순간이었다.

휘익!

고개를 숙여 목덜미로 날아든 암습을 피하고, 손만 뒤로 돌려 작은 섬광을 터트렸다.

하지만 암살자는 살짝 찢어진 옷깃만 흔들어 보이며 씨익 웃었다.

"대체 어떤 강화계를 익혀야 기습까지 막아 내는 걸까?"

엔리가 단검에 독을 불어넣었다.

살리오가 응축된 마력을 망치에 담아, 페르노크에게 걸어왔다.

데몬 나이트는 헌팅넷과 자명의 길드원들이 합심해서 막는 중이었다.

등 뒤의 마물들까지 몰려들어 페르노크는 완벽하게 포위되었다.

모든 것이 예측대로 이루어졌다.

그리고 두 사람도 페르노크가 이 의뢰의 함정을 예상했을 거라고 판단한 듯했다.

"사이좋게 마물 한 마리 잡자고 모인 건가?"

두 사람은 표정 하나 바뀌지 않았다.

"다 알고 있었잖아."

"모르는 척 그만해. 여유롭게 웃는 모습이 열 받는다고."

때가 무르익었다.

이곳에서 결판내지 못하면, 페르노크를 막지 못한다.

직접 맞부딪치고 나서 두 사람의 생각은 더욱 확고해졌다.

"볼 때마다 강해지네. 대체 얼마나 삼춘 거야?"

엔리가 단검을 휘두르며 거리를 내주지 않으려 했다.

"네 능력 하나 제대로 못 다루니 나한테 휘둘리는 거 아닐까?"

"널 얻으면 굳이 내 능력을 갈고닦을 필요도 없을 것 같은데?"

"헌팅넷은 날 가질 만한 그릇이 안 돼."

엔리가 웃는 얼굴에 핏줄을 세웠다.

"3개월만 적당히 눕혀 주려 했는데, 최소 5개월은 꼼짝도 못 하게 만들어 줄게. 이 시건방진 새끼야!"

독기가 퍼져 나오는 순간이 신호였다.

살리오가 데몬 나이트와 부딪치며 모았던 푸른 파장을 허공에서 내리찍었고, 엔리는 페르노크가 도망가지 못하도록 정면에서 끈질기게 달라붙었다.

뒤로 물러서자니 아가리를 쩍 벌린 마물이 기다린다.

"좋군."

페르노크가 간만에 달아오르는 전투의 희열을 유감없

이 터트렸다.

콰아아아아아앙!

푸른 파동이 페르노크의 마력과 부딪혀 오로라 같은 파장을 퍼트렸다.

마물들이 찢겨 나갔지만, 엔리는 파장의 틈새를 날카롭게 파고들었다.

후웅!

하지만 그곳에 페르노크는 없다.

살리오의 파장으로 몸을 가리고, 가속 마법을 활용해 한순간 그들의 눈을 속였다.

"방심하지 마라, 엔리! 놈은 암살자처럼 기척을 능숙하게 감춘다!"

"놈의 강화계는 암습을 피하는 특별한 뭔가가 있어! 정면 돌파뿐이야!"

두 사람의 눈동자가 페르노크를 쫓았다.

그때는 이미 지독한 화염이 데몬 나이트와 길드원들 사이를 휩쓴 뒤였다.

"페르노크다!"

"장벽을 만들어!"

페르노크가 길드원들부터 칠 거라는 예상도 한 모양이다.

각 부길드장들이 빠르게 포진을 가다듬었다. 하지만 페르노크에게 시선을 빼앗긴 나머지 데몬 나이트를 신경 쓰지 못했다.

데몬 나이트가 느슨해진 포위망을 빠져나가며 해골 검에 불길을 둘렀다.

"마물을 불러 모은다!"

각 길드의 간부들이 제지하려 나서지만, 페르노크의 마법이 그들을 가로막았다.

'상황에 따라 마물도 내 아군처럼 활용할 수 있지.'

병력의 열세는 처음부터 감안하고 왔다.

페르노크는 부족한 전력을 데몬 나이트로 채울 생각이었다.

마물은 인간을 적으로 인식하니, 그들 입장에선 페르노크나 다른 사람들도 다 동일한 적으로 판단한다.

쿠오오오오오!

주위에서 개미 떼 같은 마물들이 데몬 나이트의 지시를 따르는 이 순간, 길드들은 페르노크를 신경 쓸 여유가 사라지게 되는 것이다.

어느새 마물과 길드원들이 뒤섞여 난장판이 되었다.

"이제야 좀 볼만해졌군."

진형을 섞어 버렸다.

마물과 길드원.

데몬나이트와 그들.

이곳에서 더 이상 적아를 따질 여유 따윈 없다.

"규칙대로 죽이진 않는다. 대신, 네놈들 모두 요양할

각오는 해 둬야 할 거야."

살리오와 엔리가 양옆에서 치고 들어올 때, 데몬 나이트가 이쪽에 합류했다.

살리오와 엔리는 갑자기 방향을 틀어 물러났다.

데몬 나이트를 페르노크에게 떠넘길 생각인 모양인데, 안일한 전술이다.

까앙!

"……!"

데몬 나이트의 검이 살리오의 망치를 내리찍었다.

"처음 데몬 나이트와 마주했던 건 누구였지?"

"칫!"

데몬 나이트는 처음 상대한 적부터 제거하려는 습성이 있다.

덕분에 엔리와 일대일 구도가 형성되었다.

'이 중에서 제일 까다로운 건 엔리다.'

저 단검은 위협적이다.

마력강체술의 저항력도 독을 완전히 떨쳐 낼 순 없다.

'거리를 내줘선 안 돼. 독이 스칠 만한 틈을 비집고 들어가려면, 저 팔목과 발목을 먼저 끊어야 한다.'

페르노크가 단숨에 거리를 좁혀 엔리의 팔목과 발목을 집요하게 노렸다.

관찰안으로 미리 동작을 파악하니, 엔리의 단검은 페르노크의 머리카락만 아슬아슬하게 스쳤다.

엔리는 독을 보고 도망치기는커녕, 체술로 근접 전투를 지향하는 타입의 마법사를 처음 보는 듯 당황했다.

"꺼져어!"

엔리는 등 뒤에서 새로운 단검을 뽑았다. 마찬가지로 독기를 불어넣지만 뭔가 이상했다.

그녀의 마력이 길게 늘어났기 때문이다.

"크에에에엑!"

놀랍게도 지면을 타고 흐른 마력이 독을 머금은 검으로 변했다.

독검이 데몬 나이트의 발바닥을 관통했다.

살리오가 기울어진 데몬 나이트의 갈비뼈를 망치로 후려쳤다.

데몬 나이트를 무너뜨리고 다시 구도를 원하는 형태로 잡으려는 시도였다.

"제이크보단 낫군."

"여유 부릴 때가 아닐 텐데!"

페르노크의 발밑에서도 가시 같은 독이 튀어 올랐다. 동시에 엔리가 정면에서 단검을 폭풍처럼 휘둘렀다.

마력과 체술 그리고 마법을 동시에 다루는 센스가 은급이라 불리기에 전혀 모자람 없었다.

"지금이야! 모두 터트려!"

살리오의 파동은 위력이 강한 만큼 모으는 속도가 느리다.

하지만 완전하게 모인 파동의 위력은 동급의 마법조차 찢어 버린다.

엔리는 페르노크를 상대하며 마지막까지 살리오를 최상의 컨디션으로 끌어내겠다는 전술을 성공시켰다.

'데몬 나이트는 아직 쓰러져 있다.'

엔리가 발목을 묶고 살리오가 파동을 터트리면 이 지독한 게임은 끝날 것이다.

그렇게 생각했다.

"정작 네가 힘이 빠져선 아무 의미 없지."

"허세를……!"

광역 마법을 펼친 만큼 엔리의 호흡도 가빠졌다.

다리가 살짝 기운 그 허점을 페르노크는 놓치지 않았다.

엔리의 옷깃을 잡아 그대로 데몬 나이트에게 집어 던졌다.

'이러면 다시 전장이 페르노크에게 유리한 쪽으로…….'

엔리가 이를 까득 깨물며 공중에서 제비를 돌았다.

간신히 착지한 곳에선 데몬 나이트가 몸을 일으키는 중이었다.

페르노크가 그쪽으로 달려갔고, 살리오도 방향을 틀었다.

엔리가 단검을 치켜세울 때, 데몬 나이트가 흉흉한 안광을 번뜩이며 검에 불을 씌웠다.

적아가 모호해지는 이 순간이야말로 페르노크가 기다려 왔던 폭풍의 핵이다.

"살리오! 터트려!"

모든 마력이 한곳에 집중되었다. 그리고 페르노크의 마력이 촛불처럼 꺼졌다.

그 자리에 피어오르는 건 영력.

동화율 - 20%

지금껏 흡수했던 영력이 일정 수치를 넘어선 순간.

페르노크는 영법의 공격술 하나를 사용할 수 있게 되었다.

영법 - 천벌.

데몬 나이트가 검에 두른 새까만 불꽃.

엔리가 한 점에 모은 독검.

살리오의 응축된 청색 파동.

범람하는 마력의 해일 속에 페르노크가 양손을 펼쳤다.

치직.

평범한 사람의 눈엔 결코 보이지 않을 영력이 손바닥 중앙에 모여 밝게 타오르기 시작하고.

"뭣……!"

중심부로 빨려 들어온 마력을 영력이 휘어감은 순간.
“새로운 마법……!?”
주변의 소리까지 집어삼키며 부푼 나선의 기류가 우레와 같은 함성을 내질렀다.
콰아아아—!
그것은 분노한 신이 인간을 벌하려는 천재지변처럼 사방을 뒤덮는 강렬한 섬광이었다.

* * *

마력의 폭풍까지 휘감은 섬광이 대기를 찢어발겼다.
그 안에 닿은 마물들이 모두 쓸려 나가는 모습에 각 길드의 부길드장들과 간부들이 소리쳤다.
“고농도 마력 폭풍이다!”
“나무 뒤…… 최대한 멀리 떨어져!”
“도망쳐어어어어!”
인간의 고함과 마물의 비명이 난무했다.
재해 앞에 진형을 유지할 위인은 없었다.
혼전을 풀어 버린 폭풍은 반경 300미터까지 집어삼켰다.
콰콰콰콰쾅!
눈을 뜨고 볼 수조차 없는 굉음들이 천지를 뒤엎었다.
마법사들은 혼비백산하여 주저앉거나 필사적으로 저항

했다.

섬광처럼 번뜩이던 폭풍은 1분가량 지속되고 나서 사라졌다.

초토화된 지형을 멍하니 바라보며 각 길드는 소강상태에 접어들었다.

흙먼지가 걷힌 자리에 오직 한 사람만 서 있었다.

"후욱, 후욱."

온몸이 피투성이가 된 페르노크가 데몬 나이트의 뼈를 짓밟았다.

살리오와 엔리는 넝마처럼 땅에 뻗은 채 가냘픈 숨만 내쉬는 중이었다.

두 사람의 시선이 해골 검을 치켜드는 페르노크에게 향했다.

"다른…… 마법……."

"더블을 넘은……."

제이크를 상대하는 페르노크를 보며 더블이라고 짐작했다.

육체 강화 계열 마법과 모습을 숨기는 특이형의 마법을 함께 다룬다고 판단했다.

그래 봐야 6레벨 마법사의 범주를 넘어서지 못할 거로 생각했지만, 지금 이 섬광은 두 사람의 예상을 송두리째 뒤엎었다.

영법 – 천벌.

명계에서는 혼을 휩쓸어 버리지만, 이곳에선 뇌전처럼 울음을 토하는 강력한 파괴술로 변했다.

마력이 개입한 여파가 본래의 천벌을 변형시켰다고 생각했지만, 페르노크는 이 위력을 흡족하게 느꼈다.

'천벌은 모든 것을 감싸 안고 그에 배가되는 힘으로 영혼에 직접 내리꽂히는 패도의 힘이다. 영력은 본래 형태를 띠지 않지만, 마력이 개입된 순간 형체가 생기는군. 영혼이 아닌 육신에 꽂힌다는 점이 아쉽지만, 그 파괴력이 지금의 동화율이라곤 믿기지 않을 정도로 좋아.'

페르노크가 떨리는 주먹을 살며시 뒤로 감췄다.

'다만, 영력은 마력처럼 내 몸을 보듬지 않아. 무자비하게 휩쓸고 지나간 자리는 마력으로도 회복되지 않는다. 이건, 지금의 동화율로 하루에 한 번 사용하기도 벅차겠군.'

그의 영혼 속 무한한 영력을 이 육체로 가져와야 하는데, 최저한의 동화율로는 이 기술을 겨우 펼칠 정도다.

최소한의 조건으로 사용하기엔 상당한 위험이 동반된다.

'오버 임팩트와 마법을 적절히 사용한 후, 천벌은 동화율이 오를 때까지 비장의 패로 활용해야겠군.'

생자의 세계에서 처음 사용하는 것치곤 나쁘지 않았다.

몸 상태를 점검한 페르노크가 주위를 살폈다.

길드원들은 멍했고, 살리오와 엔리는 기절할 것 같은 눈을 간신히 뜨고 있었다.

반쯤 열린 입으로 새어 나온 신음이 두 사람의 고통을 짐작게 했다.

“몸의 상처보다 마력 회로의 손상이 심각하겠지.”

페르노크가 해골 검을 허리에 찼다.

“시도는 좋았다. 그러나 알면서도 막지 못하는 전략은 자신의 실력이 상대보다 우위일 때나 가능하다. 처음 검을 섞은 후 구상했던 전술을 수정해서 내가 데몬 나이트와 싸운 이후에 급습해야 했어.”

“빌어먹을…….”

“퇴각은 수치가 아니다. 아무래도 너희는 찍어 누르는 전술에만 익숙한 것 같구나. 이 좋은 환경에서 전술을 제대로 활용하지 못한 점은 앞으로 내 밑에서 철저히 교육시켜 주지.”

“기다…… 려…….”

살리오와 엔리가 눈을 까뒤집고 피거품을 내뿜었다.

“마력 역류 현상이다! 데려가 치유하도록!”

페르노크의 외침에 길드원들은 정신이 번쩍 들었다.

그러나 페르노크에게 무기만 겨눈 채 서로 눈치를 살폈다.

오늘 목적인 페르노크의 제압과 해골 검을 둘 다 놓칠

상황이었기 때문이다.

다시 포위망을 형성해야 할지 망설이던 중이었다.

"데몬 나이트의 통제가 끝난 마물들은 광폭해진다! 지금이 아니면 이 두 사람을 데리고 나가지 못한다!"

결국 부길드장들이 눈을 질끈 감으며 외쳤다.

"길드장님들을 모셔라!"

"성으로 내려간다!"

페르노크는 그들과 반대 방향으로 사라졌다.

"길드장님들의 치료가 우선이다!"

"마물이 깨어나기 전에 탈출한다!"

가드들이 사방을 경계하며, 길드원들이 살리오와 엔리를 챙기기 시작했다.

살리오와 엔리에게 간단한 처치를 시행하는 그들의 표정이 굳어졌다.

마력 코어 상태가 심각할 정도로 안 좋아서 최소 반년은 요양에만 힘써야 할 상태였다.

산맥을 내려가는 내내 자명과 헌팅넷은 침묵했다.

* * *

페르노크의 무사 귀환을 리오가 크게 반겼다.

"그 두 사람을 꼼짝도 못 하게 제압해 버렸단 말씀이시죠?"

“문제 있나?”

“아니오! 없습니다! 아주 좋습니다!”

“그동안 일을 하나 벌였다고 들었는데…….”

“페르노크 님께서 생각보다 더 성과를 내주셔서 손쉽게 해냈습니다. 앞으로 이 지역의 마물 소재 사업권은 저희가 전부 독점할 것 같습니다.”

페르노크가 양지에서 활약하면 리오는 음지에서 일을 마무리한다.

한 치의 오차도 없는 리오의 방식에 페르노크는 피식 웃었다.

“마력 회로가 꼬였다. 나도 한 달은 쉬어야 한다.”

“푹 쉬십시오! 할람을 굴려서라도 기여도를 채워 나가겠습니다!”

페르노크가 방에 틀어박히자마자 리오는 발 빠르게 움직였다.

먼저, 산맥의 충돌을 적당히 각색해서 용병들에게 퍼트렸다.

“자네, 야수 소문 들었나?”

“아! 헌팅넷과 자명하고 한판 붙었다는 거?”

“그게 중복 의뢰였다더군. 무려 데몬 나이트 토벌이었대!”

“난 직접 봤어! 야수가 해골 검을 협회 창구로 가져오더군! 그 흉흉함이 아직도 소름 끼쳐!”

"그럼 자명과 헌팅넷은 바이블한테 밀린 거야?"

"바이블은 의뢰를 처리하고 있었잖아."

"혼자서 자명과 헌팅넷을 상대했다고?"

"그럼 살리오와 엔리의 모습이 안 보이는 게……."

"야수다! 야수가 A급 길드를 제패했다!"

수면 위에 돌 하나 던졌을 뿐인데, 소문은 걷잡을 수 없이 불어났다.

평소 자명과 헌팅넷이 퀘스트를 독점해서 용병들은 심기가 불편한 상태였다.

뜯어먹을 거리가 생기니, 리오가 원하는 것 이상으로 소문이 확대되었다.

할람은 떨떠름한 표정을 지었다.

"이렇게까지 할 필요가 있소?"

"뭐가요?"

"자명과 헌팅넷의 의뢰자들. 저번에 시킨 대로 내가 포섭했잖소. 어차피 이대로 가면 우리의 승리인데, 한 식구가 될 사람들을 너무 몰아세우는 거 아니요?"

리오가 혀를 찼다.

"그렇게 순진해서야 페르노크 님의 총애를 얻겠습니까?"

"뭐요?"

"잘 들어요. 저 대가리만 굵은 놈들은 조금의 틈이라도 내주면 바로 들이닥칠 종자들입니다. 살리오와 엔리가 깨어나기 전에 찍소리도 못하게 눌러 버려야 해요."

리오는 어렵게 잡은 승기를 더욱 집요하게 파고들려 했다.

"삼자연합? 취지야 좋죠. 하지만 궁극적인 목표는 별 탈 없이 길드를 '병합'하는 겁니다. 그 과정과 이후에 잡음이 생겨선 안 돼요. 길드장님이 명령하면 누구보다 용맹하게 뛰어들 이군으로 만들어야 합니다. 그러니 그들에게 각인시켜 줘야죠."

리오의 눈빛이 매서웠다.

"너희들은 패배했다. 그나마 남아 있는 명예라도 지키고 싶다면 얌전히 결과에 승복해라."

할람은 때때로 이 지독한 리오가 같은 편이라는 사실에 안도감을 느꼈다.

"마족이 있다면 그건 참모일 거요."

"남 일처럼 얘기하지 마시죠. 길드가 병합되면 체계가 새로 잡힐 테고, 할람 씨 밑에 많은 사람이 생길 겁니다. 자명과 헌팅넷의 부길드장들이 할람 씨보다 강할……."

"그럴 일 없소!"

"……그렇죠? 기껏 기강 잡아 나가는데, 쓸데없는 소리나 하지 마시고 기여도 채우면서 단련이나 하시죠, 할람 부길드장님."

리오의 미소가 짙어지자 할람은 어깨를 흠칫 떨면서 밖으로 나갔다.

“저 사람은 더 채찍질해야겠어.”

할람은 아군에겐 다정하고, 적에겐 목숨까지 내걸 각오로 돌진한다.

자명과 헌팅넷이 같은 식구가 될 예정이라서 정을 주려는 것 같지만 참으로 오만한 생각이다.

그물로 건진 물고기도 입에 넣기 전까지 가시를 발라야 하는 법.

한 가지만 생각하고 움직이는 할람에게 다양한 사고방식을 심어 줘야 할 것 같다.

“조만간 보든 백작과도 만나야 하고, 협회 지부장과 사업 건도 마무리하고, 자명과 헌팅넷의 고객을 우리 쪽으로 확보하고…….”

페르노크가 잠든 동안 리오는 바쁘게 움직였다.

삼자연합 이후 탄생할 길드의 개편과 사업 확장.

두 가지를 중점으로 협회와 성을 오가며 기반을 탄탄히 다져 나갔다.

* * *

페르노크의 명성은 날로 높아져 갔다.

어느새 용병들 사이에서 페르노크는 야수왕이라고 불리고 있었다.

“쓸데없는 짓을 했구나.”

"용병에게 명성만큼 중요한 게 있을까요. 이제 쐐기만 박아 주십시오."

페르노크는 병상을 떨치고 일어나자마자 몸을 풀겠다며 고랭크 퀘스트를 연달아 성공시켰다.

그것도 모자라서 지명 의뢰를 긁어모으기 시작했다.

"살리오와 엔리가 누워 있는 지금, 자명과 헌팅넷은 고랭크 퀘스트를 이어 나가지 못한다. 중, 저급의 퀘스트를 용병들에게 풀고 우린 고랭크 위주로 움직인다."

"넵!"

자명과 헌팅넷의 길드원들이 중, 저급 의뢰를 계속해 나갔지만 페르노크가 한 번 벌어 오는 기여도보다 못했다.

바이블 길드원들에게 경험도 쌓게 할 겸, 느긋하게 고랭크 퀘스트를 수행했음에도 격차는 터무니없이 벌어졌다.

페르노크의 독보적인 능력 때문만은 아니었다.

자명과 헌팅넷은 한시적인 동맹이었을 뿐, 본래 서로 경쟁하는 관계다.

페르노크가 위에서 노는 동안 두 길드는 아래에서 그나마 남아 있는 퀘스트라도 얻기 위해 서로 눈을 붉히며 싸웠다.

하지만 계속 살리오와 엔리 없이 페르노크와 벌어지는 격차를 도저히 감당하지 못했다.

결국, 눈을 뜬 살리오와 엔리는 페르노크의 굳혀진 우위를 바라만 봐야 했다.

승기가 확실시된 상황에서도 페르노크는 퀘스트를 지속해 나갔다.

길드원들을 성장시키기 위해서 휴식 시간도 줄이는 혹독한 토벌이 이어졌다.

반년이 지났을 무렵, 할람을 포함한 5명만 페르노크 곁에 숨을 쉬고 있었다.

"오늘부터 너희를 삼자연합의 간부로 정할 것이다."

이제 자명과 헌팅넷의 기여도를 합쳐도 페르노크 하나보다 못했다.

그는 독보적이었고, 7레벨 마법사의 문턱을 밟는 중이었다.

리오는 드높아진 명성을 활용하여 마물 소재 공방을 성제일로 만들었다.

베테랑 용병들과 지속적인 마물 소재 계약을 체결했으며, 자명과 헌팅넷의 사업처까지 손을 뻗기 시작했다.

일 년이 다 될 무렵, 산맥엔 바이블의 위용만 넘쳐흐르고 있었다.

페르노크가 리오와 할람을 불렀다.

"길드원들을 소집해."

"네!"

바이블 길드원들이 전부 모였다.

고된 훈련으로 눈매부터 날카로워진 그들이 질서정연한 모습으로 페르노크의 뒤를 따랐다.

협회 앞에는 자명과 헌팅넷의 산하길드 수백 명이 모여 있었다.

"연합장님께서 행차하신다! 비켜라!"

할람이 우렁차게 소리치자마자 이쪽으로 시선이 모였다.

자명과 헌팅넷의 산하길드들이 이를 잘근 씹었지만, 하나둘 길을 열었다.

리오와 할람만 양옆에 대동한 채 페르노크가 협회로 들어갔다.

접수처의 라무트와 엔리, 살리오가 마주 보는 형태였다.

페르노크가 그 사이를 파고들었고 장내에 묘한 긴장감이 흘렀다.

바이블 25000.

자명 11235.

헌팅넷 11200.

라무트가 말없이 내보인 한 해의 기여도는 페르노크의 완승이었다.

"불만 있나?"

페르노크가 두 사람을 번갈아 보았다.

"없다."

"없어."

살리오는 허탈한 표정이었고, 엔리는 체념한 모습이었다.

"이것 하나만 명심해라."

페르노크가 무심하게 말했다.

"배신은 죽음이다."

해 볼 테면 해 보라고, 자신감 넘치게 얘기하는 모습에 살리오와 엔리가 고개를 절레절레 저었다.

'졌다.'

방금 그 한마디가 쐐기를 박았다.

그의 능력을 보았고, 겨뤘고, 직접 느꼈다.

함정을 알면서도 들어온 자신감.

마지막까지 전력으로 찍어 누르는 철저함.

감히 짐작하지 못한 여러 마법.

그들이 휘하에 놓기엔 너무 그릇이 큰 사람이었다.

페르노크가 두 사람을 지나쳐 라무트 앞에 섰다.

"협회에 정식으로 승인받고 싶은 건이 있다."

"말씀하십시오."

"여기 있는 바이블, 자명, 헌팅넷은 지금부터 하나가 된다."

"이 세 길드가 말입니까?"

페르노크가 단호하게 외쳤다.

"삼자연합이다."

* * *

그날.

수많은 인파가 모인 곳에서 바이블, 자명, 헌팅넷의 합병이 선언되었다.

협회의 승인하에 살리오와 엔리가 페르노크를 연합장으로 받들었다.

새로운 삼자연합 길드명은 네임드.

페르노크를 주축으로 6레벨 마법사 둘과 5레벨 마법사 다섯 명을 보유한 거대 길드가 탄생하였다.

네임드의 탄생은 르젠을 넘어 각국에 전파되었다.

용병들의 가입 문의가 끊이질 않고 이어지던 어느 날, 또 한 번의 충격적인 소식이 터져 나왔다.

"마법사 협회는 페르노크 님을 7레벨 마법사로 인정합니다."

6레벨이 된 지 일 년도 지나지 않아서 페르노크가 또 하나의 벽을 허물었다.

(이번 생은 황제로 살겠다 3권에서 계속)

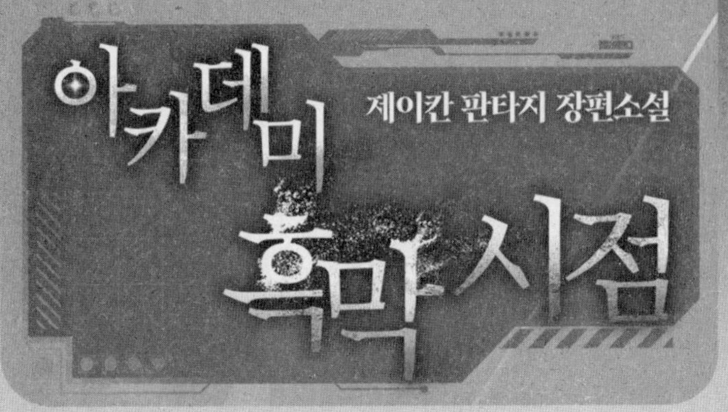
아카데미
제이칸 판타지 장편소설
흑막 시점